KB147848

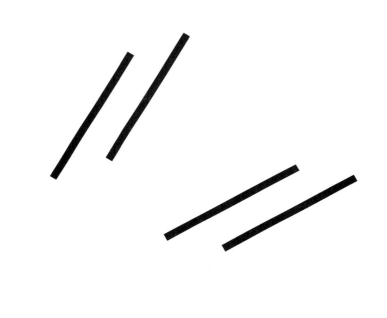

밤새도록

뮤지컬

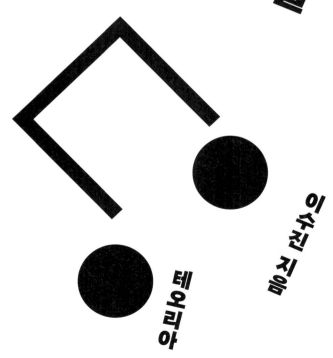

이수진 지음

테오리아

호랑이는 가죽을 남기고 뮤덕은…

미국에서는 공연에 중독된 사람들을
'씨어터고어(Theatergoer)'라고 부른다.
한국에서 그 비슷한 단어를 찾아보자면
'뮤덕'이라고나 할까. '뮤지컬 덕후'의 준말이다.
이상한 단어지만 찰떡같다. 공연계에
어정쩡하게 한 발을 담그고 있긴 하지만
나 자신의 정체성은 객석에 찰싹 붙어있다고
생각한다. 객석에 처음 앉았을 때, 막이 오르기
전의 두근거림을 누구보다도 사랑한다. 슬프게도
공연을 보면 볼수록, 이 두근거림은 점점
줄어든다. 두근거림이 사라진 자리에 취향이
자리잡는다. 나는 바로 그즈음부터 나 자신을
씨어터고어로 인식하게 되었다. 꾸준히 평생
극장에 가는 사람. 나는 연극이든 뮤지컬이든
오페라든 무용이든, 무대에서 벌어지는 온갖
일이 다 보고 싶은 사람이 되어버렸다.
씨어터고어의 삶을 살다 세상을 떠나고

나면 유품으로 온갖 공연 프로그램 책자들과 공연
음반들이 믿기지 않을 만큼 수북하게 나올지도
모른다. 한때는 일주일에 9편의 공연을 보기도
했으니 책자들과 음반들이 화석처럼 쌓여있다.
팔아도 돈도 되지 않고 나 자신에게만 특별한
의미가 있는 물건들. 그런 생각을 하면 조금
오싹한 기분도 든다. 어쨌든 젓가락 들 힘이 있을
때까지는 극장에 계속 가고 싶다. 내가 훨씬
더 나이 먹을 때까지 즐거운 공연이 내내 계속
있기를 간절히 바란다. 이 책에는 공연 가운데서도
특히 좋아하는 뮤지컬에 대한 생각들을, 특히
좋아하는 뮤지컬 넘버를 중심으로 적었다. 수업이
끝난 교실에서 혼자 칠판에 끄적여 보는 소심한
사랑 고백 같은 글이다. 훗날 온갖 공연 프로그램
책자들과 공연 음반들 사이에서 발견될 고백.
뮤지컬이여, 받아주시기를.

이수진

70년 전에도 맨스플레인은 지겨웠다

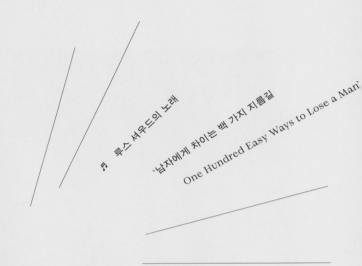

♫ 루스 셔우드의 노래

'남자에게 차이는 백 가지 지름길

One Hundred Easy Ways to Lose a Man'

원더풀 타운 Wonderful Town

작곡	레너드 번스타인 Leonard Bernstein
작사	베티 컴튼 Betty Comden, 아돌프 그린 Adolph Green
대본	조셉 A. 필즈 Joseph A. Fields, 제롬 초도로프 Jerome Chodorov
원작	조셉 A. 필즈 Joseph A. Fields, 제롬 초도로프 Jerome Chodorov, 〈내 동생 에일린 My Sister Eileen〉
초연	1953, 브로드웨이

줄거리

루스 셔우드는 오하이오에서 뉴욕으로 상경한 작가 지망생.
배우 지망생인 아름다운 동생 에일린과 함께 꿈의 도시에
왔지만 높은 렌트비와 막막한 구직 활동에 직면한다. 자신이 쓴
이야기를 출판사에 가져갔다가 여성이 뻣뻣하다는 어이없는
소리로 거절당해도 좌절하지 않을 정도로 심지가 굳지만,
작품에 대한 진솔한 비평 앞에서는 재능 없음을 의심하며
눈물이 흐르는 인물이다. 루스에게 상상 속의 이야기보다
솔직한 자신의 이야기를 쓰라고 조언해 준 출판사 직원 로버트
베이커는 그런 루스가 어쩐지 신경 쓰여 티격태격하면서도
단발성 기삿거리라도 마련해 주며 인연을 이어가려 한다.
마주치는 남자들마다 자신에게 빠지는 걸 당연하게 여겼던
에일린은 루스가 신경 쓰여 찾아온 베이커가 마음에 쏙
들지만 눈치 백 단인 그는 베이커의 마음은 자신이 아니라
루스에게 있음을 알아차리고 기꺼이 한발 물러선다. 이런저런
엎치락뒤치락 소동 끝에 루스는 신문사에서 일하게 되고
베이커와 데이트를 시작하며, 에일린은 자신에게 무대 공포증이
있다는 사실을 깨닫고 진로에 대해 다시 생각하게 된다.

뮤지컬 〈원더풀 타운〉이
브로드웨이에서 개막한 해는 1953년으로 거의
70년 전이다. '백 가지 지름길 One Hundred
Easy Ways'을 부르는 주인공 루스 셔우드는
여동생과 함께 자신들이 떠나왔던 평화롭고
아무 일도 일어나지 않는 듯했던 오하이오를
그리워하면서도 방금 도착한 뉴욕을 떠날 생각은
눈곱만큼도 없다. 그 당시에는 냉소적이라고
묘사됐던 루스의 유머 감각은 지금 보면
냉소적이기는커녕 직관적이고 심지어 따듯하다.

루스와 여동생인 에일린은 1868년에
첫 권이 출판된《작은 아씨들》의 뮤지컬 버전
같은 인물들이다. 당연히 루스는 조 마치,
에일린은 에이미 마치의 1950년대 현현이라고
할 수 있다. 두 사람이 동시에 한 남자에게
마음이 기우는 것도 비슷하고, 그 마음을 동생인
에일린이 먼저 인식하는 것도 비슷하다. 다만
그 남자가 부잣집 상속자인 로리가 아니라
프리드리히 베어를 연상케 하는 출판사 직원
로버트 베이커라는 사실이 세월의 흐름과 도시로
바뀐 배경을 알게 해준다. 하지만 백 년 가까이
지났어도 여성 주인공들의 최종 목표를 짝짓기로
한정하려는 시도는 여전했다.《작은 아씨들》의
작가인 루이자 메이 올컷이 결국 2부의
제목을 '좋은 아내들'로 지은 것도 어떻게 보면
이러한 요구에 대한 응답이기도 했다. 그리고
비혼주의자였던 조를 로리가 아닌 프리드리히와
만나게 한 것도 로리와의 해피엔딩을 원했던
요구에 대해 그가 할 수 있는 답이었을 터였다.
   뮤지컬 〈원더풀 타운〉이 공연되었던

시절은 지금으로부터 거의 70년 전이니 그렇다
치더라도 그로부터 세기가 바뀌고도 20여 년이 지난
지금까지도 뮤지컬에서 여성 주인공에게 바라는
것은 대부분 사랑하는 남자와의 '해피엔딩'이다.
사랑을 이루는 게 문제는 아니지만, 사람이
원하는 게 사랑뿐만은 아니지 않은가. 이 작품의
주인공 루스 셔우드는 결혼할 남자를 잡기 위해
달려가야 할 시간에 그 남자에게 아무것도 약속하지
않고 자신의 일을 위해 달려가며 인생을 "낭비"한다.
그 남자가 내 작품을 옹호하다 직장에서 잘릴
위기에 처해도 "왜?" 하고 궁금해하지 우선
키스부터 하지 않는다. 사랑이란 보답도 보상도
아니니까.

　　'남자에게 차이는 백 가지 지름길 One
Hundred Easy Ways to Lose a Man'은
남자에게 잘 차이는 법에 대한 충고다. 당시 소위
여성지에 많이 실리던 '남자 잡는 법'을 비튼
제목이다. 1절에서는 여자를 차에 태워 멀리 간 후
엔진이 고장 났다며 음흉하게 들이대는 남자에게

16

"어머 정말 로맨틱한 곳이에요!" 하고 눈을 깜박거리는 대신 팔을 걷어붙이고 차 밑으로 기어들어 가서 머리핀으로 고장 난 가스캣을 2초 만에 고쳐 돌아오는 여자가 주인공이다. 2절은 2회 말 무사 만루 상황의 야구장에서 아는 척하는 남자에게 "어머 번트가 뭐예요?" 하고 묻는 대신 지난 월드 시리즈의 예를 들며 남자의 판단이 싹 다 틀렸음을 지적하는 여자 얘기다. 야구장 에피소드를 다룬 2절 다음에 오는 후렴구에서 루스 셔우드가 알려주는 남자에게 차이는, 아니 남자 퇴치하는 팁은 간단하다.

확실하게 진짜 진짜 확실하게 남자에게 차이는 환상적인 방법은 바로 그 남자의 면상에 지식을 확 꽂아주면 돼. 그럼 그는 2루 진출은 시도도 안 하고 사라져.

작사가인 베티 컴든은 〈원더풀 타운〉으로 여성으로는 브로드웨이 최초로 스코어상과

작품상을 받았다. 그 이후 신디 로퍼가 2013년
뮤지컬 〈킹키부츠〉로 작품상과 스코어상을 받기까지
어떤 여성도 이 상을 받지 못했다. 베티 컴든이
혼자 이 상을 받은 것은 아니었다. 작사 콤비였던
아돌프 그린과 공동으로 받은 상이었지만 그것이
베티 컴든이 이 세계에서 살아남는 방법이기도
했다. 원작 연극인 〈내 동생 에일린〉의 주인공은
제목 그대로 에일린이었다. 하지만 베티 컴든이
개입하면서 작품은 에일린이 아니라 루스에게로
초점이 옮겨갔고 소설 《작은 아씨들》의 현대적인
재해석도 가미되었다. 처음에는 그저 예쁘기만 한
것처럼 보였던 에일린도 이 작품 안에서 착실하게
성장하며 언니의 조력자가 되고 자신의 진짜 꿈을
위해 발길을 내딛으면서 관객들의 지지를 받는
인물이 된다. 무엇보다 루스는 그 시절에도 자신의
꿈인 작가를 향해 직진하며 행동력을 보여주는
인물이다.

　　루스 셔우드가 부른 이 노래는 세월이
지난 후, 너무 잘생겨서 로맨틱 코미디 영화 배역만

18

들어왔다던 시절의 배우 매튜 맥커너히와 케이트 허드슨이 투톱으로 등장해 서로가 먼저 차주기를 바라면서 "진상짓"을 해대다 진짜 사랑에 빠져버리는 당혹스러운(?) 상황을 다룬 로맨스 영화 〈10일 안에 남자 친구에게 차이는 법 How to Lose a Guy in 10 Days〉의 원조라 할 만하다.

《작은 아씨들》에서 〈원더풀 타운〉을 거쳐 현재에 이르기까지 남자들의 가르치는 병은 좀처럼 낫지 않는 유구한 역사의 불치병이지만 이제는 최소한 그 병에 이름이 붙었다. '맨스플레인'이라고.

그립고 질리고 사랑하고
진절머리 나는, 떠날 수 없는
나의 친구들에게

♪ 바비가 부르는 '살아있음 Being Alive'

컴퍼니 Company

작곡/작사   스티븐 손드하임 Stephen Sondheim
대본   조지 퍼스 George Furth
초연   1970, 브로드웨이

줄거리

주인공 바비의 35세 생일날 친구들이 열어주는 깜짝파티로
뮤지컬이 시작되지만, 이 작품은 중심이 되는 줄거리가 아니라
주변 친구들에 대한 바비의 단상과, 그의 생각이 바뀌어가는
과정을 보여준다. 더 정확히 말하자면 바뀌어간다기보다는
자신이 원하지 않는 것은 하지 않겠다는 확신이 굳어져 가는
과정이다. 바비는 친구들 사이의 구심점과도 같은 존재지만
그는 결혼을 하지 않는다. 친구들은 이 사실을 안타깝게 여기며
바비에게 결혼을 종용하는데, 바비는 이 여자 저 여자를 전전할
뿐이다. 바비는 친구들의 사생활에 깊숙이 개입하면서도
내면으로는 거리를 둔다. 그도 그럴 것이 결혼 직전의 커플,
황혼에 이르러 아무 감정도 남지 않은 커플, 아이들을 키우다
힘들어 애정마저 바닥날 지경인 커플 등 다양한 커플들이
'그럼에도 불구하고 결혼하라'고 하는 압박을 주는데, 바비는
그들의 충고를 받아들여서(?) 결혼하지 않기를 결정하기
때문이다. 하지만 그들 없이는 바비의 인생도 없다. 결국
바비는 '살아있음'을 노래하며 혼자서는 살아갈 수 없는 삶을
받아들이면서도 자신을 지키겠다고 마음먹는다.

누군가는 너무 다가오고, 누군가는
너무 깊이 상처 주고, 누군가는 내 자리를 차지하고
내 꿈자리를 망치고, 누군가는 나를 너무 원하고,
누군가는 나를 너무 잘 알고, 누군가는 날 놀라게
하고 나를 지옥으로 밀어 넣고 날 돕고 살아가게
하는데, 이 모두는 때로는 한 사람이기도 하고 각기
다른 사람이었다가 어떤 집단이기도 한, 살다 보면
나를 환장하게도 환상적이게도 해주는 사람들.
무인도에 표류한 로빈슨 크루소도 포기하지 못한 것,
사람.

그 사람들 사이에서 누군가와 친구가 되고 동료가 되고 애인이 되고 전 애인이 되고 부모와 자식이 되어 사랑하지만, 사랑해서 서로에게 상처를 주는 사람들, 사랑하지 않는다면 나에게 이토록 상처를 주지 않을 그 사람들과의 이야기가 1970년에 브로드웨이에서 초연을 올렸던 뮤지컬 〈컴퍼니〉의 이야기다. 뮤지컬 〈컴퍼니〉에는 기승전결이 드라마가 아니라 주인공의 내면을 따라 흐른다. 그리고 에피소드가 차례차례 나열되면서 주인공의 생각이 움직이는 방향도 그에 따라 흔들리고 움직이다가 마침내 사람들(컴퍼니) 안에 머물기를, 그리고 그 안에서 자기 자신도 지키기를 선택한다.

스티븐 손드하임이 곡과 가사를 쓰고 코믹 대본을 잘 쓰기로 유명한 조지 퍼스가 대본을 쓴 이 작품은 브로드웨이에서는 흔하지 않은 원작이 없는 뮤지컬 가운데 하나다. 브로드웨이 뮤지컬은 연극이나 영화, 소설 등의 원작을 바탕으로 만들어지곤 한다. 스토리에 대한 인지도가 있어야 풀어나가기 편하고 관객들도 더 편하게 몰입할 수 있다고 여긴다. 오리지널 스토리로 만들어진 뮤지컬이 브로드웨이에 올라오는 경우는 흔하지 않은 만큼 스토리가 흡입력 있다고 인정받았다는 뜻이기도 하다. 그런데 뮤지컬 〈컴퍼니〉는 아니었다. 뉴욕에 사는 중산층 백인이 주인공이라는 점만 빼면 원작이 없고 기승전결이 갖춰지지 않은, 브로드웨이 뮤지컬로는 새로운 시도인 듯 보였다. 이 작품은 연출가 해롤드 프린스와 스티븐 손드하임이 각자 연출가와 창작자로 함께 일한 첫 작품이기도 했다. 1970년에 개막한 이 작품은 바로 그 시대를 살아가는 뉴욕의 새로운 세대를 보여주는 미래지향적인 작품이라는 찬사를 받으며 화제를 모았고 흥행에도 성공했다.

뮤지컬의 황금기가 끝난 뒤인 1970년도에도 어쨌든 브로드웨이 뮤지컬의 주인공은 짝을 찾아야 마땅한 존재였다. 나쁜 남자도, 대찬 여자도 어쨌든 짝을 찾는 과정에서 자신의 성격이 드러나고 사건이 만들어지기 일쑤였다. 백 퍼센트는 아니었지만 대부분은 그랬다. 그렇지만 이 작품은 주인공이 결혼을 하지 않기로 결심하는 작품이었다. 세월이 꽤 흐른 후에야, 그리고 이 작품을 쓴 스티븐 손드하임이 게이라는 사실이 알려진 이후에야 이 작품의 주인공 바비는 게이로 재해석되기 시작했다. 그리고 백인으로 한정되지 않고 스페인계, 흑인, 여성 등 다양한 인종과 성의 배우로 진화해 나갔다. 바비가 다양한 인종과 성으로 재해석되어 가는 과정에서, 이 세계가 인류에게 씌운 굴레를 벗어나가는 순서를 보여주는 것도 흥미롭다. 백인 이성애자 남성이 제일 먼저, 그다음에 흑인 남성이, 흑인 성소수자가, 마지막으로 여성이 바비 역을 맡으면서 마침내 여성이 그 굴레로부터 벗어날 때가 되었음을 표현할 수 있게 된 것이 2019년이다. 초연된 지 거의 반세기가 흐른 후에야, 여성이 결혼하지 않겠다고 결심하는 차례가 돌아온 것이다.

스티븐 손드하임이 쓴 뮤지컬 〈컴퍼니〉의

모든 곡들이 히트곡이고 하나하나가 다
의미심장하지만 그중에서도 노래 '살아있음 Being
Alive'은 주인공 바비의 주제가이자 사실상 사람들
사이에서 섞여 사는 모든 사람들의 주제가라고 해도
과언이 아니다. 대부분의 우리는 모임에 참석해
신나게 수다를 떨고 늦은 시간에 홀로 귀가하면서
왜 그렇게 쓸데없이 말이 많았던가 후회해 본 적이
있지 않은가. 아니면 반대로 그렇게 말도 없이
처박혀 있을 바에는 가지 말 걸 그랬다던가. 어느
쪽이든 우리는 사람들을 만나고 집에 돌아오는
길에는 알 수 없는 회한에 잠기곤 한다. 깊이가 얕든
깊든. 그리고 사람들의 눈에 보이는 나와 실제 나
사이의 간격 속에서, 그리고 정말 나는 누구인가
하는 혼동 속에서, 이럴 때가 아니라 일이나 잘해야
한다는 압박에 시달린다. 대체 우리는 어떤 존재란
말인가.

　　이 노래는 그런 회한이 밀려올 때 가장 위안을
주는 노래다. 사는 거 별거 없고 지구 반대편에
살아도 고민은 다 같다는 것이 위로가 되지도
지금의 상황을 바꿔주지도 않지만, 어쨌든 지금의

상황이 무엇인지는 명확하게 들려주지 않는가.
사람들 아무도 없는 무인도에 처박히고 싶을 때,
혼자로는 삶이 이루어지지 않는다는 이 가사는
가슴 깊이 사무친다. 미워하고 지겹지만
멀어질 수 없는 사람들, 다른 누구도 아닌 가장
사랑하는 사람들이다. 사랑하지 않는 사람이
나에게 상처를 줄 리가 없으므로, 상처를 주는
사랑하는 사람들을 미워하고 사랑하면서
그 '컴퍼니' 안에서 내 삶은 오늘도 계속된다.

JESUS CHRIST SUPERSTAR

**진정한 사랑을 만났는데
어쩌다 보니 예수님**

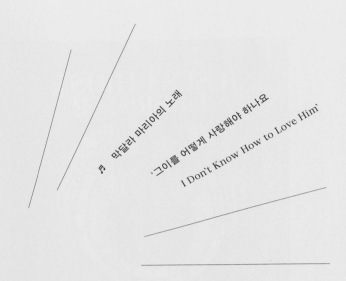

♫ 막달라 마리아의 노래

'그이를 어떻게 사랑해야 하나요'
I Don't Know How to Love Him'

지저스 크라이스트 슈퍼스타 Jesus Christ Superstar

작곡   앤드루 로이드-웨버
작사   팀 라이스
초연   1971, 브로드웨이

줄거리

뮤지컬 〈지저스 크라이스트 슈퍼스타〉의 줄거리가 필요할까?
기독교의 시조인 예수가 인간으로서 살았던 마지막 일주일을
그린 내용이다. 예수가 예루살렘에 입성한 이후 마리아는
어쩐지 그가 자신의 손에 잡히지 않는 곳으로 멀리 가버릴 것만
같은 불안함이 든다. 게다가 마리아는 그가 신의 아들이라고는
꿈에도 생각하지 못하고 예수를 사랑하게 되어 인간으로서,
그리고 한 남자로서 그를 사랑하고 그와 함께하는 미래를
꿈꿔보기도 한다. 하지만 예수는 자신의 코앞에 다가온 고난을
생각하며 두려움과 갈등을 겪고 마리아는 그런 그의 발을
값진 향유로 씻어주는 것밖에는 할 수 있는 일이 없다. 애당초
창녀였던 마리아가 고결한 예수 곁에 있는 것이 싫었던 제자
유다는 마리아가 향유를 사기 위해 지출한 돈의 액수를 두고
비난하며 자신보다 마리아를 더 아끼는 예수를 돌려서 비난하자
예수는 유다를 꾸짖는다. 예수가 이스라엘을 로마로부터
독립시키고 새롭고 평등한 나라를 건설할 거라고 믿었던 유다는
그의 소명을 일깨우기 위해서라는 자기기만을 바탕으로 은화
삼십 전에 예수를 팔아넘기는 최후 수단을 쓴다. 그런데 예수는
기적을 행사해 모두에게 자신의 권능을 보여주기는커녕 묵묵히
죽음을 향해 나아간다. 그제야 예수의 소명은 이 세상의 왕이
되는 것이 아니란 사실을 깨달은 유다는 자신의 손을 빌려
예수를 못 박은 신에 대한 배신감과 죄책감으로 몸서리를
치며 목을 매고, 골고다의 언덕에는 석양이 지며 마리아는
이 모든 것을 지켜보는 목격자가 된다.

성경에는 하와를 시작으로 수많은 강렬한
여성 인물들이 있지만 막달라 마리아는 예수를
사랑한 이유로 다른 모든 여성들과 달랐다. 니코스
카잔차키스의 《최후의 유혹》이나 댄 브라운의
《다빈치 코드》 등에서 막달라 마리아는 예수를
삶으로 유혹하는 가장 강력한 존재다. 신의 아들이
막달라 마리아와의 평범한 인생을 꿈꾸며 흔들린다.

물론 뮤지컬 〈지저스 크라이스트
슈퍼스타〉에서는 마리아와 예수의 관계보다는
유다와 예수의 관계 재정립을 그리고 예수의 죽음에

얽힌 진실보다 죽음을 하나의 쇼처럼 바라보는
미디어의 행태를 보여준다. 이 작품에서 예수는
미디어 전쟁에서 자신의 이미지를 구축하는 데
실패한 인물로 그려진다. 유다는 예수가 애당초
여론이나 이미지를 지키는 데 아무 관심이
없다는 사실을 마지막 순간까지 받아들이고
싶어 하지 않는다. 예수가 비록 전 인류를
구원했을지언정 유다의 영혼은 예외였다.
예수보다 먼저 목을 매달아 죽은 유다가 죽음을
앞둔 예수 앞에 나타나 화려한 쇼의 호스트처럼
춤추고 노래하며 자신은 신의 장기짝으로서
예수를 죽게 했으니 결국 자신이 없었다면
예수도 구원자가 될 수 없었을 것 아니냐며
신에게 따지는 모습은 이 작품의 하이라이트다.
유다는 눈앞에 예수를 두고도 그의 말은
귓등으로 넘기고 이생에서의 영광과 출세를
꿈꿨던 인물이다.

　　반면 마리아는 예수를 너무나 사랑한
나머지 그를 신의 아들이 아니라 평범한 인간

남자로 대하고 싶은 욕망을 버리지 못한 인물이다.
마리아의 마음은 이루어질 길 없는 짝사랑으로
가득 차 있다. 성경에 쓰인 이야기가 아니라
성경에 쓰이지 않은 그들의 마음의 흐름을 담은
이 뮤지컬에서 새로 쓰인 마리아의 이야기다. 성경에
막달라 마리아가 창녀였다고 적시되어 있지는
않지만, 마리아가 부르는 노래인 '그이를 어떻게
사랑해야 하나요 I Don't Know How to Love
Him'라는 이 노래는 마리아가 창녀였다는 사실을
전제로 만들어졌다.

노랫말에 따르면 마리아는 예수를 만나기 전
이미 수많은 남자를 만났었지만 자신의 인생에
있어서 이런 남자는 처음이다. 재벌이 자신의
뺨을 친 상대에게 '날 친 사람은 네가 처음이야'
하면서 사랑에 빠지는 것과는 다른 이야기다.
그전에 만났던 남자들에게 있어서 마리아는 그저
성적인 대상, 돈을 주고 살 수 있는 몸일 뿐이었다.
하지만 예수는 그에게 무엇도 요구하지 않고 그를
완전무결한 한 사람의 인간으로 대해주었기에
마리아는 도무지 예수라는 이름의 이 남자를

사랑하는 거 말고는 할 수 있는 게 없을 정도로
돌이킬 수 없이 깊은 사랑에 빠졌다. 그동안
만났던 수많은 남자들의 명단에 한 명 더 올리면
그뿐이건만, 마리아는 마치 처음 사랑에 빠진
것처럼 이 사랑을 어쩔 줄 몰라 고백조차 못 하고
끙끙 앓는다.

　　하기야 어쩌겠는가. 그는 사실은 마리아가
만났던 누구와도 다른 사람인걸. 그는 죽은
나사로를 살려냈고 앉은뱅이를 걷게 했으며
오병이어의 기적을 일으켰으며 맹물을 고급
포도주로 바꾸어 잔치의 여흥을 끊이지 않게
했던 바로 그 사람이 아닌가. 예수가 보여준
이렇게 수많은 기적이 있지만 그럼에도 불구하고
마리아에게 있어서 예수는 기적을 일으키는
신의 아들이 아니라 그저 한 남자, 자신의 마음을
움직이게 하여 온통 가져간 한 남자에 지나지
않는다. 마리아야 사랑에 빠진 여성이었기에
그와의 '남들과 같은' 연애를 꿈꿀 수 있다 쳐도,
대체 그 시대는 어떤 시대였기에 눈앞에서
무시무시한 기적들을 목격하고도 그 남자와의

평범한 일상을 꿈꿀 수가 있었을까? 기적에 관한
소문들과 기적들이 실제로 아무렇지도 않게
존재했던 시대였을까?

하지만 마리아에게 있어서 진짜 기적은 따로
있다. 예수는 사회적으로 매장당해 마땅했던
창녀라는 직업을 지닌 마리아로 하여금 마치 평범한
한 명의 여성인 듯이 느끼게 만드는 인물이다.
돌에 맞아 죽기 직전에 마리아는 예수를 통해
생명만이 아니라 일상을 회복하는 기적을 얻는다.
이보다 더한 기적이 있을 수가 있을까. 예수의 곁에
있는 한 마리아는 그저 한 여자이며, 그렇기에
한 남자인 예수를 꿈꿀 수 있다. 하지만 이 작품
속에서 결국 마리아는 예수의 실체를 목격한다.
예수는 수많은 기적을 행했지만 자신의 목숨을
구하기 위해서는 그 기적의 실마리조차 보여주지
않으며 그가 잡혀가기 전에 했던 예언들은 착실하게
사실이 되어 하나씩 이루어진다. 베드로가 눈앞에서
예수를 세 번 부인하는 모습을 본 마리아는
넋이 나간 사람처럼 베드로를 붙들고 예수가 한
말을 되뇌는데, 그때의 말은 베드로에게 하는

말이라기보다는 차라리 그 자신에게 하는
말이기도 하다. 그제야 예수가 그토록 말해왔던
희생양으로서의 운명과 정체를 깨닫고 예수는
자신만을 위해 존재할 수 없다는 사실을 가슴이
무너지도록 인정할 수밖에 없다.

　　마리아가 예수에 대한 일편단심을 통해
인간으로서의 행복과 사랑을 포기하고 대신
신앙을 얻고 영생의 길로 예수와 함께 나아가는
반면, 이생에서의 영광에 지나치게 집착했던
유다의 결말은 자살이다. 목숨을 끊은 유다는
작품 안에서 가장 인기 있는 넘버이자 주제를
담은 '지저스 크라이스트 슈퍼스타'를 부른다.
이 노래를 통해 그는 예수의 마지막 길을
조롱하고 비웃고 통렬하게 자신의 입장을
변명한다. 결국 그가 정말 신의 아들이라면
이 모든 일은 신의 뜻이니 자신에게 무슨 죄가
있겠냐는 것인데, 딱히 반박하기도 힘들다.
신이 진실로 완벽한 존재라면 어찌 예수를 은전
삼십 냥에 팔아먹은 게 유다의 죄이겠는가.

인간의 입장에서 유다와 마리아는 예수의 마음속 분량을 두고 싸우지만 둘 다 그의 마음을 얻기에는 실패한다. 육신을 떠난 예수는 다시 신의 영역으로 들어가 버리니 말이다.

이러한 반(反)성서적인 내용과 연출 때문에 1971년 이 작품이 브로드웨이에서 공연되었을 때 한 하나님을 섬기지만 오랫동안 반목해 왔던 세 가지 종교가 대화합을 이루었다. 예수를 인정하지 않는 유대교 측에서는 이 작품에서 유대인을 예수를 죽인 악인으로 그렸다며 비난했고 두말할 나위 없이 천주교와 개신교에서는 신성모독을 이유로 이 작품의 공연 중지를 요구하며 시위를 벌였다. 이천 년 내내 싸워온 유대교와 기독교가 한마음이 되어 시위를 하면서 작품의 인지도도 높아지고 흥행에도 도움이 되었다는 사실은 또 다른 아이러니다.

작곡을 담당한 앤드루 로이드-웨버는 매우 독실한 신자로, 브로드웨이 연출가인 탐 오호건의 히피적이고 무신론적인 연출에 반발했다. 이 작품은

그가 결국 자신의 작품을 스스로 제어할 수 있는
제작사를 설립하는 데 결정적인 계기가 되기도
했다. 이후로 제작된 작품들과 현재까지도
브로드웨이에서 가장 오래 공연되고 있는
뮤지컬인 〈오페라의 유령〉 등의 제작에 직접
참여하고 전 세계로 나가는 라이센스를 직접
자신의 회사에서 관리하면서, 웨버는 영국에서
가장 돈 많이 버는 작곡가 순위에 항상 자신의
이름을 올리는 부자로 등극할 수 있게 되었다.

예수를 향해 노래를 부르는 마리아의
마음은 그저 사랑에 빠진 한 여성의 애절한
호소와 두근거리는 심장이 멋대로 나대는
노래라는 점에서도 아름답기 그지없다.
그 마음이 많은 예술가들의 마음을 두들겼을
것이다.

광대가 등장하는 순서

♫ 데지레가 부르는

'광대를 들여보내요 Send in the Clown'

리틀 나이트 뮤직 A Little Night Music

작곡/작사	스티븐 손드하임 Stephen Sondheim
대본	휴 휠러 Hugh Wheeler
원작	잉그마르 베르히만 Ingmar Bergman,
	〈한여름 밤의 미소 Smiles of a Summer Night〉
초연	1973, 브로드웨이

줄거리

유명 배우였던 데지레는 변호사 프레데릭과 사랑에 빠져
그의 청혼을 받았지만 거절한 후 딸을 낳았다. 프레데릭은
데지레에게 딸이 있다는 사실도, 그 딸이 자신의 딸이라는
사실은 더더욱 알지 못한다. 프레데릭이 사는 동네로
공연을 온 데지레는 객석에 앉은 그에게 새삼스레 애정을
느끼고 프레데릭도 오래전 애인인 데지레에게 그리움과 전우애
비슷한 애정을 느낀다. 하지만 그의 곁에는 얼마 전에 결혼한
젊은 아내가 있다. 프레데릭의 친아들보다 더 어린 젊은 아내는
데지레를 찾아가는 남편의 행동에 모멸감을 느낀다. 무대에서의
은퇴를 앞둔 데지레는 어머니의 영지로 사람들을 불러 모은다.
목적은 프레데릭의 마음을 되찾는 것이지만 이 자리에
얽히고설킨 관계들이 엉겨들면서 우스꽝스러운 코미디가
벌어지기 시작한다. 인생은 멀리서 보면 코미디고 가까이서
보면 비극이라는 말을 바꿔 말하자면 객석에 앉아서 보면
코미디고 무대 위 배역의 입장에서 보면 비극이다. 그 자리에는
데지레의 스폰서인 백작이 초대받지도 않고 찾아오고, 백작의
아내 샬롯은 남편 앞에서 프레데릭을 유혹하는 질투심 유발
작전을 불시에 펼치고, 프레데릭의 어린 아내는 프레데릭의
아들과 사랑에 빠져 사랑의 도피를 떠나버린다. 모두의 치부와
아픈 기억과 부끄러운 행동들이 한꺼번에 드러난 뒤 폭발할 것
같던 긴장감을 재우는 것은 데지레의 어머니의 죽음이다.
노인의 죽음 앞에서 사람들은 비로소 이성을 찾고 커플들도
제자리를 찾는다. 데지레의 어린 딸 프레데리카는 어머니보다
훨씬 더 자신을 사랑하고 많은 것을 가르쳐준 할머니의 죽음을
애도한다.

광대가 무대로 난입해야 할 때는 언제일까? 오래전, 브로드웨이 뮤지컬에 아직 아무 서사도 없었을 때, 아직 뮤지컬이 아니라 '버라이어티'나 '보더빌', '벌레스크', '홍키통키'라고 불렸을 때, 그때의 뮤지컬은 사실 무대 버전의 서커스와 다름없었다. 서커스처럼 천막을 높이 치고 공중그네를 타거나 곡예를 부리지는 않았지만, 대신 무대 위에서 할 수 있는 엔터테인먼트의 대부분이 있었다. 그중 가장 하이라이트는 항상 디바들이 차지하곤 했다. 혹은 노래를 부르며 춤을 추는 댄스 콤비들이 인기를 끌기도 했다. 어쨌거나 가장 인기 있는 장르는 언제나 노래였다. 집단으로 등장하든 혼자 등장하든 오페라 아리아를 부르든 무대 위에는 노래가 있었다. 때로는 그 자리를 유명한 연극의 한 장면이 대신하기도 했다.

　　이런 무대에서 마지막은 항상 광대들의 몫이었다. 가장 유명한 사람이 가장 마지막에 설 것 같지만 아니었다. 하루에 많게는 6번이나 공연을 하는 구조였고 인기배우는 빨리 들어가서 쉬어야만 했다. 당시의 열정적인 관객들은 몇십 번이고 스타를 불러내어 박수를 치고 자신의 사랑을 받아주기를 바랐다. 관객의 사랑은 늘 과분했지만 피곤하기도 했다. 관객을 빨리 내보내고 다음 회를 준비해야 하는 제작자의 입장에서는 공연을 빨리 정리할 필요가 있었다. 이 때문에 가장 유명한 스타는 마지막에서 두 번째나 세 번째 순서에 등장했다. 그래야만 스타가 다음 무대를 핑계로 우레와 같은 박수를 굵고 짧게 받고 분장실의 의자에 앉을 수 있었다. 매우 슬픈 노래나 장면이 지난 다음에도 반드시 광대가 등장했다. 어떤 관객도 슬픔 속에 머무르면 안 되기 때문이다.

광대가 등장하는 또 다른 상황이 있다. 무대가 잘못 돌아갈 때나 출연자가 어떤 이유로든 나타나지 않을 때 등 예기치 못했던 상황이 벌어질 때, 무대 위에는 광대들이 난입해 관객들을 웃긴다. 바로 조금 전의 상황이 전혀 심각하지 않다는 것을 보여주기 위해서, 그리고 다시금 새로 시작할 에너지를 모으기 위해서다.

캐나다의 서커스단 '태양의 서커스단'이 그들의 레퍼토리 중 하나인 〈알레그리아〉에 엷게 서사를 입혀 만든 영화에서는 서커스단의 단장이 광대를 연기한다. 광대들이 때로는 공포의 대상으로 변신하는 것도, 광대의 순기능이 웃음이기 때문이다. 그 웃음 너머에 감춰진 진짜 얼굴도 웃고 있는가 하는 의문에서 호러 영화의 광대가 출발한다. 사람들은 과장되게 그려진 웃는 얼굴에 근본적인 의문을 품고 있을지도 모른다. 하지만 어쨌든 광대가 등장하는 순간, 사람들의 긴장은 풀린다. 광대의 행동은 놓쳐도 상관없으며 그가 하는 말을 알아듣지 못해도 큰 지장이 없기 때문이다.
광대는 그저 웃기는 존재다. 하지만 웃기기는
얼마나 어려운가. 심지어, 웃기고 싶지 않을 때는
더더욱.

2014년, 피겨스케이팅 선수 김연아가 소치
올림픽에 참가할 쇼트 프로그램의 곡으로 스티븐
손드하임의 곡 '광대를 들여보내요 Send in
the Clown'을 선택했다는 뉴스를 보았을 때,
피겨스케이팅을 잘 알지 못하지만 김연아 선수의
모습을 항상 넋을 잃고 바라보았던 팬으로서,
곡의 선정에 깊은 슬픔을 느꼈다. 아무리 잡아도
그는 다시 돌아오지 않겠구나. 이것이 그의
작별의 노래와도 같이 느껴졌다. 그도 그럴 것이
뮤지컬 속의 데지레는 이 노래를 부르며
자신의 인생의 무대에서 가장 화려한 시간이
이제는 지나가고 있음을 깨닫기 때문이다.
데지레는 한때 무대의 주인공이었다. 하지만
이제 데지레의 차례는 끝났고 광대가 들어올
차례라는 것을 안다. 마치 데지레가 그랬듯이,

김연아 선수는 애써 눈을 마주치지 않고 광대를
들여보내라고, 자신의 무대는 여기까지라고 말하는
것만 같았다.

하지만 막상 소치 올림픽이 열리고 마지막
연기를 하는 모습을 본 뒤에는 그게 아니었음을
알았다. 김연아 선수는 어쩌면 소치에서 일어난
수많은 혼란을, 인생 전체를 관통해온 부조리들을
모두 짐작하거나 혹은 잘 알고 있었을지도 모르겠다.
그 모든 우스꽝스러운 소동극을 끝내려면 광대를
무대에 들여보낼 수밖에 없다는 것을, 자신의
무대가 아무리 완벽해도 그에게는 잘못된 큐 사인이
주어지는 것을 이미 알기라도 했던 것처럼, 그가
카나리아 새처럼 가볍게 모든 것을 초월한 듯한
표정으로 이 음악에 맞춰 프로그램을 해내는 모습은
노래의 가사 때문에 더 처연해 보이기까지 했다.
그 이후로는 이 노래를 들을 때마다 그때의 김연아
선수가 떠오른다. 얼마나 고독한 전쟁을 그 혼자
치렀는지 짐작할 수도 없지만.

이 노래의 작사가이자 작곡가인 스티븐

손드하임은 당시에 데지레 역을 맡은 배우 글리니스 존스를 위해 이 노래를 썼다. 연출가인 해롤드 프린스는 여주인공을 위한 드라마틱한 곡을 요청했지만 손드하임은 글리니스가 호흡이 긴 배우가 아니었기에 그런 곡에 부정적이었다. 하지만 비록 노래실력은 최고가 아닐지라도 훌륭한 연기와 노력하는 연습 장면을 본 손드하임은 배우를 위해 고음을 뽐내지 않으면서도 배역의 감정을 최대한 담을 수 있으면서 너무 길지도 않은 노래를 쓰겠다고 결심했다. 그는 단 이틀 만에 이 곡을 써냈다.

손드하임이 생각한 해결책은 질문에 질문을 거듭하기였다. 데지레는 묻는다. "좋아 보이죠? 우린 한 쌍인가요?" 남자는 대답이 없다. 그는 그저 불안하게 방을 여기저기 거닐며 데지레를 외면하며 어쩔 줄 모른다. 왜냐하면 이 노래 직전에 데지레가 프레데릭으로부터 장렬하게 차이기 때문이다. 데지레의 질문은 프레데릭을 향한 것 같지만 사실은 그 자신을 향한다. 그 답도 데지레가 알고 있다. "이렇게

된 것도 복이죠, 그렇지 않아요?", "그나저나
광대는 어디 있어요? 광대가 들어올 때가 됐는데."
데지레는 질문을 던지고 자신과 프레데릭의 현재를
말하고, 문득 생각난 듯이 광대를 찾는다. "광대를
들여보내요.", "문 앞에 서서 열려고 할 때 내가
원하는 게 당신이라는 걸 알았어요. 내 대사는
명확한데, 아무도 없군요." 그 자리에는 프레데릭이
있어야 했다. 하지만 프레데릭은 열여덟 살짜리,
한 번도 잠자리를 가져보지 못한 순진한 아내 때문에
데지레를 거절한다.

　　이들의 관계를 간단하게 말하자면 드라마 〈섹스
앤 더 시티〉의 빅과 캐리의 관계다. 빅이 어린 모델과
결혼하고도 캐리를 찾아와 자신의 결혼생활을
한탄하는 모습은 이 뮤지컬의 원작인 잉그마르
베르히만 감독의 영화 〈한여름 밤의 미소〉에서
그린 20세기 초반의 '모던'한 관계다. 이 이야기는
스웨덴보다 오히려 뉴욕에서 더 큰 사랑을 받았다.
스티븐 손드하임의 뮤지컬 외에도 우디 알렌의
영화 〈한여름 밤의 섹스 코미디 A Midsummer
Night's Sex Comedy〉(1982)로도 만들어졌고

52

다양한 시트콤과 드라마에서 변주되어오고 있다.

　　이 노래에서 광대를 들여보내라는 가사가
반복될 때마다 데지레는 자신에게 주어진 상황을
새롭게 인식하며 상대방과 자신을 돌아보며
성찰을 계속해 나간다. 자신이 좋아하는 대상이
이미 딸 또래의 젊은 여자와 결혼했다는 사실을
알았음에도 불구하고, 이 노래가 끝날 무렵
데지레는 프레데릭을 완전히 포기하는 게 아니라
정말로 차지해야겠다고 마음먹는다. 배우로서의
무대에서는 내려올지언정 프레데릭의 무대
한가운데는 자신이 차지하겠다는 결심이다.
이 단순해 보이면서도 복잡다단한 짧은 노래는
그래서 늘 여배우들의 단골 레퍼토리다. 해석에
따라 죽음을 앞둔 사람의 노래가 되기도 하고
모든 걸 다 포기한 사람의 노래가 되기도 하고
인생의 중심에 서겠다는 노래가 되기도 하는
다채로움 가운데, 김연아 선수가 품었던 감정은
무엇이었을까 새삼 궁금해진다.

주인공보다 웃기고 나쁘고
매력적인 악역

♪ 오린의 노래 '치과의사 Dentist!'

리틀 숍 오브 호러스 Little Shop of Horrors

작곡	알란 멘켄 Alan Menken
작사/대본	하워드 애쉬먼 Howard Ashman
원작	찰스 B. 그리피스 Charles B. Griffith,
	〈흡혈 식물 대소동 The Little Shop of Horrors〉
초연	1982, 오프-브로드웨이

줄거리

사이코패스에게도 엄마는 있다. 심지어 이 사이코패스는
심각한 마마보이다. 주인공인 시모어가 짝사랑하는 꽃집
점원 오드리의 남자친구인 치과의사 오린이 바로 그 남자다.
아들이 어릴 때부터 작은 동물들을 재미 삼아 죽이는 걸 본
엄마는 아들의 장기를 살리면서도 감옥에 가지 않을 방법을
생각해냈다. 바로 치과의사가 되는 것. 아들은 엄마의 무서운
훈육 아래 치과의사가 되어 죽은 엄마의 제단을 병원 벽장 안에
세웠다. 엄마의 사망원인은 궁금해하지 말자. 오린이 오드리를
사귀는 이유는 아무리 때려도 찍소리 않는, 자존감이 심하게
약해 신고조차 못 하는 사람이기 때문이다. 오드리는 오린과의
데이트 다음 날이면 눈 한 귀퉁이에 멍이 들거나 심지어
팔에 깁스를 하고 출근한다. 주인공 시모어의 마음속 여신인
오드리를 함부로 대하는 오린은 죽어도 싼 남자가 된다. 그렇게
부추기는 건 바로 시모어의 단짝인 외계 흡혈 식물인 오드리 II.
시모어가 손가락에서 짜낸 핏방울, 시궁쥐, 길냥이로는 만족하지
못하게 된 뻔뻔한 흡혈 식물은 오린을 먹어 치우고 시모어를
착취한 꽃집 주인까지 먹어 치운 뒤 마침내는 오드리와
시모어까지 삼키려 든다. 시모어는 오드리 II를 퇴치하고
사랑하는 오드리를, 아니 소중한 지구를 지킬 수 있을까!

원작자의 오리지널 결말은 마치 영화 〈지구를 지켜라〉에서 외계인이 지구를 한 방에 날려버리듯이, 흡혈 식물들이 창궐하여 인류가 멸망하는 결말이었지만 아무리 블랙 코미디라고는 해도 이 작품의 장르는 뮤지컬이다. 사랑에 빠진 주인공의 눈에서는 별이 뜨고 듀엣 송을 부르면 주인공의 배경으로 꽃이 피는 게 진짜 뮤지컬이라는 고정관념이 어느 정도는 남아 있던 시절이었다. 대본과 가사를 썼던 하워드 애쉬먼은 무대 뮤지컬의 결말을 모호한 해피엔딩으로 맺었다. 영화의 결말도 그렇게까지 냉소적으로 내지는 않는다. 덕분에 호러인 듯 호러 아닌 호러 같은 뮤지컬 〈리틀 숍 오브 호러스〉의 영화판은 오랫동안 〈록키 호러 픽처 쇼〉와 함께 B급 컬트 무비의 계보 안에 머무르며 영화 흥행 실패에도 불구하고 마니아들을 양산하며 사랑받았다.

　　이 뮤지컬에는 소위 정상적인 인물은 단 한 명도 등장하지 않는다. 모두가 다 나름의 욕망과 악한 측면들을 지니고들 산다. 그중에 가장 먼저 등장하는 악역이자 마치 끝판왕인 듯이 보이는 인물이 바로 오드리의 남자친구 오린이다. 연출에 따라 조금씩 차이가 있지만 오린은 두 번 혹은 세 번 정도 등장하는데 관객의 머릿속에는 엄청나게 각인되는 인물이다. 특히 이 노래 '치과의사 Dentist!'를 부르며 처음 등장할 때, 이 뮤지컬의 제목에 아무리 호러가 들어 있더라도 로맨스가 벌어질 거라는 기대를 버리지 않았던 고전적 뮤지컬 팬들의 기대가 바사삭 부서진다. 보통 뮤지컬에서 '내가

누구인지 알려주마 노래 I Am Song'를 부르는
것은 주인공들의 특권이다. 그들은 자신이 어디서
온 누구인지를 노래를 통해 관객에게 알려준다.
주인공들은 다른 누구와도 차별되는 어필 타임을
펼쳐 보인다. 하지만 오린은 여주인공을 괴롭히는
악역 조연이면서도 자신이 누구인지 명확하게
드러낼 기회를 얻는데, 이는 시모어의 의도치 않은
살인(?)의 면죄부를 위해 반드시 필요하기 때문이다.
진지하게 따지고 들자면 사적인 복수가 허용된다면
법은 왜 있나 싶지만, 드라마는 정의 구현 교과서가
아니기에 더욱 드라마틱해지기 마련이다. 이 노래는
오드리 II가 부르는 '먹여줘! Feed Me(Get It!)' 와
쌍벽을 이루는 악당 노래이기도 하다. 이 한 곡으로
오린은 자신의 정체성을 분명하게 드러내며 첫 번째
희생자가 되기에 전혀 부족함이 없는 악마적
폭력성을 뿜어낸다.
        어릴 때부터 이웃집 강아지에게 비비탄을 쏘고
불을 붙이던 그에게 어머니는 오히려 그 성격을
살려 돈 벌 길을 제시하고, 아들은 어머니가 보여준
그 길을 착실히 따라 치과의사로 성공하여, 환자를

마취할 가스를 상습적으로 마시고 신나게 웃으며
각성상태로 환자를 치료하는 그런 인물이
되어버린다. 그에게 남아 있는 유일한 인간성은
사이코패스인 자신의 성격을 일찌감치 알아보고
키워줬던 어머니에 대한 존경과 애정뿐이다.
그 외의 모든 인간은 그의 가학적인 놀이 대상에
지나지 않는다. 그 때문에 그는 자신의 병원으로
찾아온 시모어를 보고도 전혀 경계하지 않는다.
오린이 살아온 인생의 경험으로 미루어 볼 때
시모어처럼 어깨를 움츠린 사람들은 언제나 그의
사냥감이었고 그는 한 번도 포식자의 위치에서
벗어나 본 적이 없었다. 하얀 벽으로 둘러싸인
자신의 병원에서 그는 독재자이자 한 마리의
짐승이었다.

　　　결국 그는 스스로 들이마신 가스 때문에
숨을 거둔다. 시모어가 고개를 도리도리 저으며
방구석에서 그가 죽어가는 모습을 지켜볼지언정
가스를 잠가주지 않기 때문이다. 시모어만의
소극적인 공격이다. 손을 쓰지 않는 것. 오린은
결국 가스 중독으로 숨을 거두고, 그런 오린을

시모어는 지하철을 타고 끌고 와 도끼로 조각을 내 오드리의 먹이로 던져준다. 치과에서 무소불위의 포식자였던 오린이 먹이사슬의 가장 아래에 위치한 시모어의 먹이로 변하는 순간이다. 물론 시모어가 직접 오린을 먹은 것은 아니다. 하지만 이 일 이후 시모어는 변한다. 누군들 그렇지 않겠는가.

오린이 이 노래를 부르는 장면에서의 놀라움은, 이 잔혹하고 어이없는 가사에도 불구하고 처음부터 끝까지 웃지 않을 수 없다는 사실이다. 웃으면서도 생각한다. 아, 이렇게 웃어도 정말 괜찮을까. 물론 프로덕션에 따라서는 이 장면이 뜬금없이 붕 뜰 수도 있다. 하지만 대본과 가사를 쓴 하워드 애쉬먼은 이 장면을 붕 뜨게 할 생각이 없었고 실제로 그렇게 쓰지도 않았다.
오프-브로드웨이 공연의 연출도 직접 맡았던 애쉬먼은 마치 19세기 후반 영국 최강의 오페레타 콤비였던 '길버트와 설리반'의 작가이자 연출가였던 윌리엄 길버트를 연상케 한다. 작품의 방향성을 정하고 작곡가인 알란 멘켄을 이끌고 작품의 결말을

향해 나아간다. 윌리엄 길버트가 코미디를
쓰면서도 근엄한 사람이었던 데 반해 하워드
애쉬먼은 유쾌하고 발랄한 사람이었다. 길버트와
설리번은 사이가 아주 안 좋은 것으로도
유명했지만 하워드 애쉬먼과 알란 멘켄은
형제처럼 가까웠다. 비록 에이즈로 요절하기는
했지만 그가 남긴 작품들에 남아있는 그의 유머
감각은 발군이다. 아마도 그가 남긴 작품들
가운데 가장 유명한 것은 디즈니 애니메이션
〈알라딘〉이겠지만, 뉴요커다운 냉소와 비정한
인간의 욕망을 다루면서도 이토록 유연하고
웃음으로 가득 차게 그릴 수 있는 작가는 그리
많지 않다.

이 한 곡의 노래 덕분에 관객들은 이 작품의
방향을 명확하게 깨닫는다. 이 작품은 천방지축
잔혹 코미디라는 사실을. 그리고 이토록
잔혹해도 이토록 웃길 수 있다는 사실을.

The musical with something extra.

다른 누구도 아닌, 나는 나

♪ 앨빈이 부르는 '나는 바로 나 I Am What I Am'

라카지 La Cage aux Folles

작곡/작사	제리 허먼 Jerry Herman
대본	하비 파이어스틴 Harvey Fierstein
원작	에두아르 모리나로 Édouard Molinaro,
	〈라카지 오 폴 La Cage aux Folles〉
초연	1983, 브로드웨이

줄거리

앨빈과 조지는 파리의 생트로페즈에 위치한 드랙퀸 카바레 '라카지 오 폴 La Cage aux Folles'을 운영하는 부부. 오랜 결혼생활로 매일이 똑같으면서도 조금씩 함께 늙어가는 그런 커플이다. 앨빈은 카바레의 디바고 조지는 카바레를 경영한다. 중년에 접어든 앨빈은 최근 히스테리가 부쩍 늘었다. 지지고 볶는 이들의 평범한 일상의 호수에 어느 날 거대한 돌덩어리가 떨어진다. 조지의 외동아들 장 미쉘이 약혼했다며 결혼 승낙을 받기 위해 약혼자의 부모를 초대했는데, 이 부모가 프랑스에서 유명한 보수당 출신의 장관이기 때문이다. 장 미쉘은 앨빈과 조지에게 게이라는 사실을 숨겨 달라고 신신당부를 하고, 두 사람은 말도 안 된다고 하면서도 아들에 대한 사랑 때문에 친구 사이로 소개하기로 하고 아이를 낳은 후 한 번도 보지 못한 친엄마에게 와 달라고 연락하지만 친엄마는 소식이 없다. 결국 앨빈은 늘 무대에서 하던 대로 여장을 하고 엄마 역할을 맡고, 보수적인 장관은 앨빈이야말로 이 시대의 여성상이라며 경외감을 표하는데, 늘 가던 식당에서 노래 요청을 받은 앨빈은 '나는 바로 나'를 소리 높여 불러서 모두의 박수를 받은 것까지는 좋았지만 드랙 클럽에서의 버릇대로 마지막에 가발을 벗어 높이 흔든다. 정체가 탄로 나자 장 미쉘의 결혼식은 물 건너 갈 처지가 되는데….

어떻게 보면 지구상 가장 상업적인 공연계인
브로드웨이에서 1983년에 게이들이 주인공인
작품이 연극도 아닌 뮤지컬로 올라왔다는 사실은
40년 가까이 지난 지금 돌이켜 보면 꽤 놀라운
일이다. 오프-브로드웨이에서는 1968년, 마트
크롤리의 〈보이즈 인 더 밴드 The Boys in the
Band〉를 통해 뉴욕 중산층 게이들의 고뇌를
보여주었다. 사회에서는 자신의 정체성을 숨기고
살아가면서 그들의 커뮤니티 안에서만 온전한
자신을 드러내는 그들의 모습을 안과 밖의 시선을

중첩시키고 충돌하게 하여 결국은 그들의 정체성이 터져 나올 수밖에 없다는 사실을 보여주었다. 이 연극은 정부가 집요하게 게이 커뮤니티를 공격하던 시기에 올라왔고 바로 다음 해에 뉴욕의 게이 항쟁의 시발점이 된 '스톤월 항쟁'이 시작되어 마치 예언 같기도 했다. 1985년에는 래리 크래머의 연극 〈노멀 하트 The Normal Heart〉가 역시 오프-브로드웨이에서 상연됐다. 알 수 없는 병으로 사랑하는 사람들을 망연히 떠나보내야 했던 악몽 같았던 시대의 이야기다.

뮤지컬 〈라카지〉는 그 중간 어디쯤에 위치한다. 동성애가 불법이란 사실에 항거했던 웨스트 빌리지의 스톤월 투쟁으로 동성애가 사회적인 이슈로 떠오르기 직전과 그 이후 에이즈가 아직 이름도 얻기 전 '동성애 병'이라는 별칭으로 불리고 있을 때를 배경으로 한다. 사실 이 작품이 동성애자에 대한 사회적인 적개심을 가뿐하게 피해 개막할 수 있었던 가장 큰 이유는 원작인 동명의 영화가 외국 영화면서도 엄청난

성공을 거두었기 때문이다. 프랑스와 이탈리아
합작으로 만들어진 원작 영화는 프랑스의 휴양지
생트로페즈를 배경으로 드랙퀸 카바레를 운영하는
게이 부부의 남다른 듯하면서도 남들과 다르지
않은 삶의 면모를 보여준다. 영화를 관통하는 웃음
코드는 여성스런 게이가 존 웨인 같은 마초 배우를
보며 '진짜 남자' 흉내를 위해 애쓰다 결국 실패하고
드랙 분장으로 여성보다 더 여성스러운 모습으로
'진짜 여성'으로 인식되기에 이른다는 데서 온다.
어떻게 보면 동성애에 대한 갖은 편견 모음집과도
같은 작품인데도 불구하고 메시지는 명확했다.
사랑하는 대상이 누구든 결국 사랑의 방식이나
가족의 소중함은 다를 게 없다는 것. 브로드웨이
뮤지컬은 영화보다도 더 이 부분에 초점을 맞추면서
웃음과 감동을 동시에 잡는 데 성공했다.

하비 파이어스틴이 가사를 쓴 노래 '나는 바로
나 I Am What I Am'는 이 뮤지컬의 첫 곡으로
작품 전체의 성격을 보여주며 드랙퀸 엄마의 정체가
밝혀지게 되는 복선까지 빼곡하게 담겨 있다.

아찔하게 높은 힐 위에 올라서 가지각색의
화려한 가발을 쓰고 라스베이거스 쇼걸처럼
눈부시게 차려입은, 여성인 듯 보이는 배우들이
굵직한 저음을 숨기지 않고 부르는 노래의
첫 가사가 "나는 나, 나는 바로 나"라는 것은
의미심장하다. 그리고 바로 이어지는 가사가 바로
"나는 나 자신의 특별한 창조물"이라는 가사다.
이 가사는 은유이자 은유가 아니다. 신이나
부모가 낳아준 내가 아니라 나 스스로 선택하고
치장한 나 자신이라는 의미이자, 다른 성의
옷을 입기를 선택한 나, 그 나의 모습을 만든 나
자신이라는 뜻이기도 하다.
　　흔히들 자신을 숨기지 말고 드러내라든가,
자기 자신에게 솔직해지라는 말을 하지만
사실 이 말이 무슨 뜻인지 아직도 잘 모르겠다.
나 자신에게 솔직해지라는 말이 나 자신의
욕망에 솔직해지라는 뜻이라면, 정말로 모든
사람들이 욕망을 발산했다가는 내일 지구가
열두 쪽이 나도 놀랍지 않을 테니까. 하지만 이
작품 속의 드랙퀸들은 게이로 살아가는 것도

쉽지 않은 세상에서 '복장도착자'라는 손가락질을 받으면서도 드랙퀸으로서 살아가기를 선택하고, 그 안에서 또 자신의 개성을 찾아가는 사람들이다. 그야말로 자신이 만들어낸 자신의 또 다른 모습이다. 세계가 자신을 어떻게 받아들이든 자신을 당당하게 여기고 숨지 않으며 세상에 당당하게 소리친다. '이게 바로 나야!' 동정도 칭찬도 필요 없다. 인생은 단 한 번뿐, 돌아갈 길도 예비해둔 시간도 없다. 그렇기에, 세상을 향해 외쳐야 한다. 자신이 누구인지를.

그 당시 사회는 여성과 남성이라는 양성의 세상이었다. 그 안에 포함되지 않은 사람들은 다른 사람들이 꿈을 좇거나 좌절할 때 우선 자신이 누구인지, 어디에 소속되어야 할지를 찾아야 했다. 하지만 여성도 남성도 아니라면, 혹은 여성이기도 하고 남성이기도 하다면, 아니면 또 다른 누군가라면, 그들은 어디서 자신들의 소속을 찾아 사회적인 권리를 주장할 수 있을까. 1980년대 초반의 사회는 사실, 주장이 거의 불가능한 시대였다.

그런 시절에 과감하게, 인간 모두가 추구하는

72

권리에 대한 노래이면서 그들의 주제가와도
같은 노래를 만들어 떡하니 첫 곡으로
불러젖혔을 뿐만 아니라 흥행에도 성공했다.
물론 그 성공에는 게이에 대한 편견을
바탕으로 한 유머감각이 깔려 있지만, 그 위에는
동성애자들의 삶과 사랑이 이성애자들의
편견과 달리 의외로 평범하다는 것, 즉 사람
사는 모습은 어디나 누구에게나 다 비슷하다는
것을 보여주는 데 성공했다는 사실이 있다.
그들 역시 사랑하고 미워하고 헤어지고 가족을
소중하게 여긴다는 것을 보여주면서 재미와
볼거리, 가족애라는 메시지까지 알뜰하게
다 챙겼다. 세상 누구에게라도 "나는 바로
나"라는 가사가 주는 메시지는 단순하면서도
강력하다. 자신들의 정체성을 부정하면서까지
약혼하겠다는 어리석은 아들에게 서운하면서도
아들의 행복을 위해 기꺼이 '정상인' 행세를
하려는 이들이야말로 누구보다도 평범한 부모
그 자체였다. 이후 이 노래는 자신의 정체성을
당당하게 드러내고자 하는 사람이라면 누구라도

부를 수 있는 상징적인 노래가 되었다.

사랑으로 전쟁을 하려거든
이들처럼

♪ 모린과 조안이 부르는
'다 받아주든가 떠나든가
Take Me or Leave Me'

렌트 Rent

작곡/작사/대본
　　　　　조너선 라슨 Jonathan Larson
원작　　　지아코모 푸치니 Giacomo Puccini,
　　　　　〈라 보엠 La Bohème〉
초연　　　1996, 오프-브로드웨이

줄거리

1991년 뉴욕, 이스트 빌리지. 변호사인 조안의 애인은
매력적이고 자신만만한 배우 모린. 타고난 끼와 당당함으로
인기 만발인 모린 때문에 조안은 전전긍긍한다. 모린의
전화 한 통이면 전 애인인 마크도 꼬리에 불붙은 강아지처럼
달려오고 조안 자신도 변호사 일을 제쳐두고 처음 만져보는
음향기기를 다루느라 끙끙 맨다. 게다가 모린의 친구들은 말이
좋아 보헤미안이지 월세 낼 돈도 없어 가구를 때서 추위를
면하는 무명의 가난한 예술가들. 가수 지망생 로저와 스트립
댄서 미미 커플은 사랑하면서도 에이즈 때문에 마음을 숨기며
다가서길 겁내고 콜린과 사귀던 엔젤도 에이즈로 세상을
떠난다. 티격태격하면서도 도무지 모린의 마력에서 벗어날
수가 없는 조안. 미미와 헤어지고 잠시 뉴욕을 떠났던 로저는
결국 뉴욕으로 다시 돌아와 미미를 찾는데, 정작 미미를 찾아낸
사람은 모린과 조안. 공원에 쓰러져 죽어가던 미미를 발견해
로저와 마크의 거처로 데리고 온 사람도 모린과 조안이다.
차갑게 식어가며 헛소리를 하는 미미를 보며 죽음을 예감하던
그들 앞에서 미미가 벌떡 일어나 소리친다. 꿈에서 엔젤이
나타나 돌아가라고 말했다고. 그 모습을 보며 조안은 다시
모린을 바라본다. 사랑은 있을 때 잘하는 것.

브로드웨이의 수많은 뮤지컬 가운데
절대다수가 사랑 이야기인 만큼 그 안에는 셀 수
없이 많은 사랑싸움이 있고 하늘의 별처럼 많은
사랑 노래가 있지만, '다 받아주든가 떠나든가
Take Me or Leave Me'는 다른 사랑 노래들과는
조금 다르다. 단지 이 노래가 레즈비언들의
사랑싸움이어서가 아니다. 조안과 모린은 이 작품의
주인공들이 아니라 조연들이다. 조연이지만
주인공들만큼이나 사랑받는 인물들인데, 그만큼
개성이 출중하기 때문이다. 오리지널 모린을

연기했던 이디나 멘젤은 모린 역을 카리스마 넘치게 연기한 덕분에 무명 배우에서 엄청난 팬덤을 이끄는 티켓 파워 막강한 디바로 거듭났다. 모린 역은 이디나 멘젤이, 뮤지컬 〈위키드 Wicked〉의 주인공인 엘파바와 디즈니사의 영화 〈겨울왕국 Frozen〉의 엘사의 노래 덕분에 브로드웨이를 벗어나 세계적인 스타로 발돋움할 수 있게 한 기반이기도 하다.

이 노래와 비견될 만한 기존 뮤지컬의 노래로는 사이 콜먼이 작곡한 뮤지컬 〈시티 오브 엔젤 City of Angels〉의 '나 없이 넌 없어 You're Nothing without Me'를 들 수 있다. 시나리오 작가가 자신이 쓴 시나리오 속의 주인공과 맞붙어 자신이 아니라면 상대방은 아무 의미 없다며 서로의 우선권을 주장하는 노래다. 사랑의 파편도 찾아볼 수 없는 '나 없이 넌 없어'를 비슷한 노래로 꼽는 이유는 명확하다. 두 인물이 한 치도 물러서지 않고 자신의 주장을 강력하게 펼치는 노래이기 때문이다. 대부분의 뮤지컬에서 이토록 강력한 노래들은 대대로

남성 인물들의 전유물이었다. 여성 인물 하나를
두고 사랑의 라이벌이 되어 대립할 때나, 전쟁을
치르거나 권력을 쟁취하기 위해 싸울 때 등, 대치
상황에서 나올 수 있는 노래들이다. 그런데
이 노래는 두 여성이 각자의 다른 애정관을 두고
물어뜯기라도 할 듯이 자신의 사랑법이 옳다고
주장한다. 이 노래를 부를 때의 두 인물 사이의
아슬아슬한 긴장감은 이루 말로 표현하기 어려울
정도다. 그래서인지 이 노래는 브로드웨이의 중요한
행사 중 하나인 '미스캐스트(Miscast)'에서 항상
남자 배우들이 앞다퉈 선택하는 넘버 중 하나다.
이 행사는 자신의 성과는 다른 성의 노래를 부르는
행사다. 그동안 자신의 타고난 성별과 달라서
무대에서 불러볼 기회가 없었던 곡들을 마음껏
불러보는 기회이기도 하다. 더불어 배역에 어떤
성별의 제한도 없음을 배우들이 먼저 나서서 증명해
보이는 자리이기도 하다.

　모린이 작품 속에서 처음 등장하는 시점은
1막의 2/3 지점이 지난 후다. 그동안 모린은 다른

인물들과의 통화 장면으로만 출연한다. 전화기 자동응답기 목소리로만 등장하는 마크의 엄마는 "너 모린과 깨졌다면서?"라고 위로하고 로저는 마크에게 모린에게 휘둘리지 말라고 조언하고, 조안은 절대 마크에게는 도움 청하지 말라고 전화로 모린에게 애원한다. 하지만 바로 직후 마크의 전화벨이 울리자 마크는 만사를 제치고 달려나간다. 자유로운 영혼의 소유자이자 팜므 파탈인 모린은 길거리의 모든 사람들이 자신을 동경하고 남자든 여자든 자신에게 말 한마디라도 걸고 싶어 안달을 한다며, 이런 자신이 조안을 선택했음에 감사하라고 노래한다. 그러니까, 한마디로 이렇게 인기 많은 내가 너를 사랑한다는 것만으로도 만족하고, 자유롭게 살 수 있게 내버려 두던가, 아니면 헤어지겠다는 협박성 항의를 스스럼없이 해댄다.

평소 같으면 모린의 이런 말에 "그래 내가 더 잘할게" 하던 조안이지만 눈앞에서 모린이 다른 여자와 키스하는 걸 목격하자 더이상 참지 않는다. 정리정돈을 좋아하고 다음 날

할 일을 자기 전에 정리하는 올바른 자신이 모린을
사랑한다는 사실에 감사하라며, "대박 난 쪽은
내가 아니라 바로 너야! 그러니 있을 때 잘해" 하고
한 마디 한 마디를 모린의 면전에 박아준다.

조안의 반격에 놀란 모린은 유치한 말들로
조안에게 상처를 주지만 되로 주고 말로 받는
상황에 점점 더 당황하다 '우린 끝이야!'를 외치지만
이들은 뮤지컬의 막이 내릴 때까지도 찰싹 붙어
다니는 천생연분 토닥토닥 궁합을 보여준다.

오리지널 무대 공연에서는 이 노래를 다른
친구들 앞에서 싸우면서 부르지만, 영화에서는
조안이 자신의 부모님의 행사에 모린과 함께
갔다가 제멋대로인 모린의 행동에 열받아서 싸우는
장면으로 변경되기도 했다. 오리지널과는 다른
방식으로 연출된 지방 극단이나 유럽에서 공연될
때는 이 노래를 모린과 조안의 침실로 설정해서
성적 긴장감을 극대화하기도 한다. 좋은 관계는
잘 싸우는 과정이 필요하다고 말하는 사람도 있듯이
이들은 치열하게 싸우고 격렬하게 화해한다.

82

전 여자친구가 에이즈에 걸렸다는 사실을 알고 자살한 이후 자신도 에이즈에 걸렸음을 알게 된 로저는 그 트라우마에 갇혀 사람들을 만나지 않고 전기도 들어오지 않는 집에 스스로를 가두고 스완송이라도 쓸 기세로 써지지 않는 노래를 만들기 위해 처박힌다. 그는 그런 자신에게 성냥을 빌려달라며 찾아온 솔직한 성격의 미미에게 마음이 기울면서도 자신의 처지를 차마 말할 수 없어서, 그리고 자신에게는 사랑할 자격이 없다는 생각에 자꾸만 뒷걸음질을 친다. 미미는 미미대로 에이즈에 걸린 후 내일이 없는 인생을 살아간다. 에이즈에 걸려 죽음을 앞두고 완전히 정반대의 방식으로 남은 인생을 살아가던 두 사람이지만 결국 그 기저에는 들키고 싶지 않은 죽음에의 두려움이 공통적으로 있다. 그래서 로저와 미미는 서로에게 끌리면서도 끌리는 만큼 밀어낸다.

조안과 모린은 다르다. 이들은 숨기는 것 하나 없이 자신들의 감정을 터트리면서 로저와 미미의 엇갈리는 사랑으로 인한 안타까움을 해소해준다. 받는 것 없이 모두 주는 천사 같은 사랑을 보여주는 인물이 드랙퀸인 엔젤이라면 모린과 조안은 무엇 하나 숨기지 않는 관계를 보여준다.

〈렌트〉의 배경은 1990년대 초반이고 1996년 1월에 무대에 올랐다. 하지만 이 작품을 쓴 조너선 라슨은 NYTW(New York Theatre Workshop) 극장에서 프리뷰 공연이 올라가기 직전에 세상을 떠났다. 그 자신이 마치 뮤지컬 속의 주인공 로저처럼 오랫동안 무명의 가난한 뮤지컬 작곡가였던 조너선 라슨은 생계를 위해 무려 십 년이나 웨이터로 일했던 식당을 그만두고 이제 막 전업 작곡가로서의 삶을 시작할 참이었다. 대동맥 박리라는 이름도 생소한 병명으로 세상을 떠난 그는 작품과 함께 영원히 박제되었다.

작품이 초연된 지 25년이 지났고 지금 다시 보면 사실 이 작품에는 경악할만한 구석도 있다. 극중 가장 마음이 너그러운 인물인 엔젤이 난데없이

큰돈을 번 이유가, 작은 강아지를 높은 건물에서
주인 몰래 대신 던져 죽였기 때문인데 이를
친구들에게 신나서 떠벌이고 모두가 웃는 장면은
볼 때마다 놀라게 된다. 돈을 준 사람도 강아지의
주인도 야비한 인물들로 그려지긴 하지만
그렇다고 정말로 아무 죄 없는 반려견을….
가진 자에 대한 '가벼운' 저항의 방식이라고
하기에는 작가의 마음속 어두운 구석을 살짝
엿본 기분이랄까.

　　에이즈가 더 이상 무서운 불치병이 아니게
된 지금, 〈렌트〉는 새로운 해석과 연출로 공연될
필요가 있다. 이십 세기의 끝은 에이즈로 얼룩져
있었고 이 당시의 절망은 1991년에 초연된
토니 커쉬너의 연극 〈엔젤스 인 아메리카
Angels in America〉에서 격렬한 개인들의
경험으로 다루어졌다. 절망을 잘 다루지 않는
뮤지컬이라는 장르에서 에이즈라는 출구 없는
질병으로 느닷없이 죽음과 직면한 청춘들의
절망과 희망이 뮤지컬 〈렌트〉를 피어나게
한 것도 사실이다. 그 시절을 지나갔다고 해서

고통이나 질병이 미화될 수는 없지만, 원작인
오페라 〈라 보엠〉부터 그렇듯이 불치병에 걸린
청춘의 피자마자 지는 삶에 대한 낭만적 해석은
시대가 아무리 바뀌어도 사라지지 않을 소재다.
그런 와중에 조안과 모린은 굳건하게 현실에 기반한
사랑을 한다는 점에서 작품에 현실성을 부여한다.

BILLY ELLIOT
THE MUSICAL

인생을 다시 산다면
안 그랬을 기억들

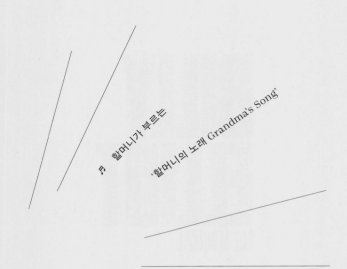

♬ 할머니가 부르는
'할머니의 노래 Grandma's Song'

빌리 엘리어트 Billy Elliot

작곡	엘튼 존 Elton John
작사/대본	리 홀 Lee Hall
원작	스티븐 달드리 Stephen Daldry,
	〈빌리 엘리어트 Billy Elliot〉
초연	2005, 웨스트엔드

줄거리

1984년 영국 전역에서 광부들이 파업을 하는 시기, 어머니마저
세상을 떠난 뒤, 빌리의 형과 아버지는 탄광 파업을 하느라
수입이 없고 고달파 어린 빌리에게 신경 쓸 시간이 없다.
방과 후 권투 교실을 다니던 빌리는 같은 체육관을 공유하는
발레 수업에 우연히 끼어들게 된다. 발레를 가르치는 윌킨스
선생님은 빌리에게 남다른 재능을 발견하고 오랜만에 가슴이
뛴다. 영국 왕립 발레단 오디션을 보자며 자신을 소개할
것을 가져오라고 하자 빌리는 세상 떠난 엄마가 스무 살에
읽어보라고 남긴 유서를 가져온다. 빌리가 권투 교실을 열심히
다니는 줄 알았던 아버지는 아들이 발레를 한다는 사실에
경악하고 발레를 그만두고 다시 권투를 하라고 경고한다.
오디션 날, 파업이 거세지면서 몰래 집을 빠져나가기 어려워진
빌리가 윌킨스 선생님과 약속한 장소에 나오지 못하자 윌킨스
선생님이 집으로 찾아오며 빌리가 발레를 그만두지 않았다는
사실을 들킨다. 보수적인 아버지와 형은 역정을 내고 빌리도
포기하는 것처럼 보이지만 크리스마스 날 빌리는 얼어붙을 듯
추운 체육관에서 아버지 앞에서 보란 듯이 발레를 춰 보이고,
아버지는 자신이 아들의 앞날을 막는 것이 아닌가 하는 생각에
가슴이 미어진다. 결국 아들의 런던 오디션 비용 마련을 위해
파업하는 동지들을 등지고 광산으로 향하는 아버지. 그런
아버지를 보다 못한 동료들이 모금을 하고 빌리는 아버지와
함께 오디션을 보기 위해 런던으로 향한다.

영국 뮤지컬 〈빌리 엘리어트〉에는 치매에 걸린 빌리의 할머니가 등장한다. 치매에 걸려서 음식을 숨겨놓고도 상하도록 기억하지 못하거나 숨겨놨던 상한 음식을 찾아 먹고 아프거나 해서 가족들을 힘들게 하면서도 존재 그 자체가 가족을 지탱시켜 주는 그런 인물이다. 기억은 오락가락해도 무조건 빌리 편을 드는 할머니에게서 빌리는 병으로 세상을 떠난 어머니의 자취를 찾는다. 빌리와, 오락가락하는 할머니는 어려운 형편에도 서로를 버텨주는 버팀목이다.

뮤지컬 〈빌리 엘리어트〉를 런던에서 처음
볼 때 속절없이 눈물을 펑펑 흘렸던 장면이
있었다. 자신을 소개할만한 것을 가져오라는
발레 선생님의 말에, 빌리는 스무 살이
되면 펴 보라던 어머니의 편지를 내민다.
읽어도 될지를 망설이는 선생님에게 빌리는
담담하게 한 번 더 내민다. 처음에는 선생님의
목소리였다가 곧이어 편지를 보지 않아도 모든
문장을 다 외우고 있는 빌리의 목소리가, 그리고
나중에는 엄마의 목소리가 겹친다. 담담하게
편지를 내밀지만 단어 하나하나를 다 외울
정도로 읽고 또 읽었던 빌리의 엄마에 대한
그리움이 무심한 듯한 빌리의 행동과 겹치면서
이 장면에서 뻣뻣하게 남아있을 수 있는 관객은
거의 없다. 옆자리의 나이 지긋한 관객과는
티슈를 번갈아 뽑아가며 눈물을 닦았다.

하지만 이 공연을 처음 보았을 때 가장
놀랍고 아름다웠던 장면은 할머니가 부르는

이 노래로부터 왔다. 이후에도 몇 번이나 〈빌리
엘리어트〉를 볼 기회가 있었고 그때마다 각기 다른
프로덕션이 선사하는 감동적인 장면들이 조금씩
달랐지만, 이 장면의 표현력만은 뇌리에서 사라질 수
없는 아름다움의 집합체였다. 원작 영화에서는
할머니의 푸념 한 자락이었지만 이 짧은 대사가
뮤지컬 속으로 옮겨지면서 인생의 마지막 순간을
살아가는 할머니의 인생이 주마등처럼 지나가는
노래 한 자락으로 확장되었다. 그리고 이렇게
변화된 부분이 바로 무대에서만 찾을 수 있는
즐거움이기도 하다.

할머니의 이 노래는 할머니가 다시 인생을
산다면 절대 하지 않았을 일들과 만나지 않았을
사람과 마음 주지 않았을 순간에 대한 이야기다.
할머니와 결혼한 적도 없었던 그 할아버지는
살림할 돈으로 위스키와 맥주를 샀고 손가락
하나 까딱하지 않았다. 덕분에 할머니의 세월은
고됐고 싸움이 일어나는 밤이면 할아버지가
휘두른 주먹은 할머니의 얼굴에 명중하곤
했다. 할머니가 할아버지를 만났을 때는 아직

열일곱이었고 선원들로 가득하고 담배연기
자욱했던 그 댄스홀에서 할아버지의 품에
안겨 춤을 추었을 때는 모든 것을 잊을 만했다.
그가 할머니와 춤을 출 때면 그는 물이었고
숨결이었고 빛이었지만 좋은 시간은 고작해야
한 시간뿐이었고 그는 할머니만 안은 게
아니었다. 바보처럼 말하고 노새처럼 코를 골던
할아버지는 춤을 출 때면 할머니의 눈에는 말론
브란도처럼 보였지만 그 순간뿐. 힘들었던 과거
시간에, 지금과는 다른 세상을 살아야 했던
그때에는, 여성은 여성의 역할을, 남성은 남성의
역할만 했던 시절에는 손가락에 결혼반지를
끼면 여자의 인생은 끝이었다. 하지만 할머니는
종종 꿈을 꾼다. 만약 시간을 되돌릴 수만
있다면 모든 시간을 사랑할 텐데. 춤을 추면서
어리석은 남자와 사랑에 빠지는 바보 같은 짓을
하지 않을 텐데. 누군가의 아내가 아니라 온전한
나만의 인생을 살아갈 텐데. 그리고 우스개처럼
덧붙인다. 결코 술에 취하지 않을 텐데.

이 노래를 부르는 동안 빌리의 집 부엌이었던 무대가 확장되고 할머니의 기억의 창이 열리며 안개 낀 듯 희미했던 기억의 파편들이 퍼즐처럼 맞춰지며 배우의 몸을 입고 하나씩 들어온다. 그토록 미워했지만 할아버지와 춤을 추던 순간만은 할머니의 기억 속에 또렷이 각인되어 있고, 그 기억만큼이나 많은 댄서들이 할아버지의 모습을 하고 할아버지처럼 담배를 들고 창문을 넘어 들어와 할머니와 춤을 추고 다시 하나씩 둘씩 창문을 넘어 나가버린다. 연기처럼. 할머니의 기억처럼. 다시는 되돌릴 수 없는 할머니의 지나온 인생이, 그렇게 살고 싶지 않았지만 돌이킬 수 없는 인생이 연기처럼 흩어진다. 하나의 넘버로 치매에 걸린 할머니의 인생이 완벽하게 그려진다.

뮤지컬 〈빌리 엘리어트〉의 작가 리 홀은, 할머니의 인생을 보여준 것처럼 빌리의 형, 아버지, 빌리의 친구와 단 한 번 등장하는 오디션장의 발레리노까지 누구도 그냥 지나치지 않고 섬세하게 그리고 지나간다. 인간에 대한 작가의 깊은 신뢰와 애정을 듬뿍 느낄 수 있는, 뮤지컬 〈빌리 엘리어트〉의 가장 사랑스러운 넘버다.

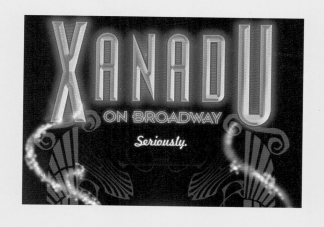

망한 영화에도 미덕은 있다

♬ 헤라, 아프로디테, 테티스, 켄타우로스, 사이키클롭스, 메두사, 키라가 부르는

'몰랑몰랑한 기분 들어 본 적 없나요 Have You Never Been Mellow'

제너두 Xanadu

작곡/작사	제프 린 Jeff Lynne, 존 페라 John Farrar
대본	더글라스 카터 비니 Douglass Carter Beane
원작	로버트 그린왈드 Robert Greenwald, 〈제너두 Xanadu〉
초연	2007, 브로드웨이

줄거리

분필 그림을 그리는 소니 멀론은 그리스 신화 속 뮤즈들의
그림을 그리다 자살을 시도할까 고려해 보는데 그림에서 살아난
뮤즈들 가운데 클리오가 이름을 키라로 바꿔 소니의 뮤즈가
되어 롤러와 예술을 결합시켜 보겠다고 나선다. 클리오의
자매인 멜포페네와 칼리오페는 제우스의 클리오 편애를
질투하여 키라와 소니가 사랑에 빠지게 큐피드를 불러내 사랑의
화살을 마구 쏴댄다. 키라는 자신이 사랑에 빠졌다는 사실을
깨닫고 깜짝 놀라 도망치고 소니는 소니대로 개장하려던 롤러
디스코 클럽이 날아갈 위기에 놓인다. 키라가 사라지고 나서야
뮤즈라던 키라의 말이 사실임을 깨달은 소니는 키라를 되찾기
위해 올림푸스로 향한다. 제우스는 키라를 벌하지 말라는
다른 뮤즈들의 설득에 시달리는데, 그 와중에 키라는 자신이
큐피드의 화살을 맞았을 때 만능 레그워머를 신어 저주를
튕겨냈다는 걸 알게 된다. 화살을 맞고 사랑에 빠진 게 아니라
진짜 사랑이라는 자신이 생긴 키라는 소니와의 삶을 선택하고
마음 약한 제우스는 허락하고 만다.

1981년, 존 J. B. 윌슨은 친구들과 자신의 집 거실에서 오스카상 시상식을 보면서 같은 부분 최악을 뽑으며 흥을 돋우었다. 일회성 파티로 끝날 수도 있었지만, 동시상영 영화관에서 〈음악은 멈출 수 없어 Can't Stop the Music〉와 〈제너두〉를 연달아 본 뒤, 그는 최악의 영화를 뽑는 행사를 멈출 수 없겠다고 생각했다. 현재는 스티븐 스필버그를 비롯해, 당사자인 유명 인사들이 얼굴을 비출 정도로 유명한 시상식으로 성장한 라지 시상식의 영감을 준 작품 가운데 하나가

바로 〈제너두〉라니! 게다가 뮤지컬 장르라는
이유만으로 두 영화를 동시 상영작으로 묶은
사람의 무취향이란! 하지만 줄거리를 다시
봐도, 영화에 없던 여신들의 질투를 끼워 넣든
안 넣든, 이 내용으로 추구할 수 있는 것은 코믹
로맨스뿐이다. 그런데 심지어 1980년에 개봉한
영화는 코믹을 추구할 생각은 전혀 없었고 그저
진지하기만 했으니 얼마나 오그라들었을까.
영화는 실패했지만 올리비아 뉴튼 존이 부른
OST는 엄청난 인기를 끌었고 결국 이천 년대
초반, 과거의 B급 영화를 무대 뮤지컬로 올리는
붐에 편승해 뮤지컬로 재탄생했다.

사실 1980년대는 뮤지컬의 무덤이었다.
미국의 대공황기에 인기를 얻기 시작했던
뮤지컬 영화의 전성기는 1940년대와
1950년대였다. 진 켈리와 프레드 아스테어가
그저 흥얼거리며 롤러스케이트만 타도 흥행이
되던 시대였다. 물론 그들은 피나는 연습을
통해 긴 롱테이크를 한 번에 찍어내는 무서운
테크니션들이기도 했었다. 하지만 1960년대는

이전과는 완전히 다른 시대였다. 이유도 모르는 채 청년들은 베트남전으로 끌려갔고 성차별 철폐, 인종차별 철폐가 반전운동과 함께 중요한 이슈로 떠올랐다. 그런 때에, 눈만 마주치면 남녀가 사랑에 빠지고 달콤한 음악이 흐르며 지상 과제는 사랑의 결실인 듯 보이는 뮤지컬 영화는 현실을 사실적으로 그린 영화들 사이에서 한순간에 대중적인 지지를 잃었다. 너무나 현실과 동떨어진 장르처럼 보였기 때문이고, 사실이 그러했다. 한때는 대중음악의 선두에 섰던 뮤지컬 음악도 시대를 휩쓸었던 록 음악을 따라가지 못했고 이후 디스코, 랩 음악 등을 따라잡기까지도 한참의 시간이 걸렸다.

뮤지컬 〈제너두〉에 등장하는 대부분의 노래들은 호주 출신의 싱어송라이터인 올리비아 뉴튼 존이 부른 노래들이었다. 그래서 이 뮤지컬의 팬들은 영화 속의 올리비아 뉴튼 존을 충실하게 재현한 듯한 캐리 버틀러에 열광했다. 브로드웨이 뮤지컬치고는 매우 소박하게 올라온 작품이었고 크게 성공하지도 못했지만 마치 영화처럼 이 작품

역시 마니아들을 양산했다. 뮤지컬을 보면서까지
바깥세상의 어두운 현실을 보고 싶어 하지 않는
관객이라면 처음부터 끝까지 진지함이라고는 단
한 조각도 없으며 농담과 말장난으로 사랑이라는
감정의 위대함을 우스꽝스럽게 부르짖으며
이어가는 이 뮤지컬을 보며 시원하게 웃고
나올 수 있다.

　　대부분의 노래들이 코믹하게 불리지만
그중에서도 이 노래는 오리지널과는 완전히
다른 의미로 불리면서 더욱 웃음을 자아낸다.
이 노래는 올리비아 뉴튼 존의 1977년 앨범에
실린 한없이 달콤하고 부드러운 노래였다.
하지만 뮤지컬 속에서는 웃음 버튼을 누르는
역할을 한다. 특히나 후렴구를 먼저 시작하면서
제우스를 설득할 때 첫 소절의 가사가
"몰랑몰랑한 기분 들어 본 적 없나요?"인데,
키라를 처벌하겠다고 잔뜩 벼르는 그에게
아내인 헤라가 던지는 말이다. 없을 리가 없지
않은가. 사실상 그리스 신화의 절반은 제우스가
바람을 피우지 않았다면 쓰이지 않았을지도

모를 내용들이 아닌가. 세상 제일 몰랑몰랑해지기 쉬운 마음의 소유자인 제우스가, 사랑에 빠졌다는 이유로 키라를, 아니 클리오를 처벌하겠다는 것만큼 우스운 일도 없지 않은가. 키라가 처음으로 사랑에 빠졌다는 사실을 알게 된 헤라는 그래서 제우스의 가장 아픈 부분을 예고도 없이 쿡 찌르고 들어간다. "예전엔 나도 당신만큼이나 성급했어. 난 꼭 당신 같았어. 예전에는 나도 꼭 당신처럼 세상을 보곤 했어. 꼭 당신 같았어. 당신을 긁으려는 게 아니라, 조금만 차분해져 봐. 당신, 한 번도 몰랑몰랑한 적 없었어? 당신 마음이 편하다고 느낀 적 없었어? 단지 노래하는 것만으로도 행복해져 본 적 없었어?"

　　이토록 맘 편하게 사랑 이야기를 볼 수 있는 뮤지컬도 많지 않다. 어쩌면 그래서 이 작품은 흥행에 실패했을지도 모른다. 브로드웨이에 올라오기에는 턱없이 작은 규모의 뮤지컬이었다. 오프-브로드웨이였다면 더 마니악한 유머 감각을 구사하며 더 오랫동안 공연하며 더 큰 사랑을 받았을 수도 있다. 발로 쓴 것 같지만 웃지 않을 수

없는 이 사랑스러운 작품 안에서 사랑의 소소한
의미와 제우스의 바람기까지 다 잡은 이 노래를
사랑하지 않을 수가 없다.

소맷자락 안에 가둘 수 없는 영혼

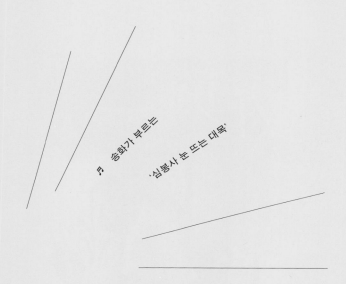

♪ 송화가 부르는

'심봉사 눈 뜨는 대목'

서편제

작곡	이자람, 윤일상
작사/대본	조광화
원작	임권택, 〈서편제〉
초연	2010, 서울

줄거리

소리에 대한 욕심 때문에 스승으로부터 파문당한 소리꾼 유봉은
각각 고아가 된 동호와 송화를 거두어 자신이 못 이룬 소리의
꿈을 이루려고 엄하게 가르치며 전국을 떠돈다. 엄마가 유봉
때문에 세상을 떠났다며 원망을 품고 있던 동호가 머리가
굵어지며 유봉에게 대들고 떠나자 송화마저 떠날까 두려워진
유봉은 송화의 눈을 멀게 만들어 버린다. 한을 토해내는 송화의
소리를 들으며 유봉은 만족한 웃음을 띠며 세상을 떠나고,
송화가 눈이 멀어버린 줄 모르는 동호는 가수로 성공해 송화를
찾지만 송화는 잡힐 듯 잡히지 않는다. 마침내 마주한 두 사람,
서로를 알면서도 모르는 척 판소리로 서로에 대한 마음을
건넨다.

뮤지컬 서편제는 이청준의 동명 단편소설을 원작으로 한 1993년 개봉 영화 〈서편제〉가 원작이다. 원작 소설이 분명히 있긴 하지만 크게 히트했던 1993년도 개봉 영화에 추가된, 원작에는 없는 설정들과 내용들을 기반으로 했기에 영화가 원작이라고 하는 게 맞다. 무엇보다도 원작 소설에서는 남도 사람, 장님 색시 혹은 여인, 애비 등으로만 묘사된 인물들에게 각각 동호, 송화, 유봉이라는 그럴싸한 이름을 지어준 것도 영화다. 뮤지컬은 영화 속의 인상적인 장면이나 에피소드

등과 함께 이름도 그대로 이어받았다.

　책을 볼 때도 영화를 볼 때도 뮤지컬을 볼 때도 눈이 멀어야만 나온다는 그 '한'의 정체는 도대체 알 수가 없지만, 뮤지컬 마지막 장면에 이르러 주인공 송화가 판소리 심청가의 심봉사 눈 뜨는 대목을 부르며 '떴구나'를 슬쩍 띄워 부를 적에는 거기에 담긴 주인공 송화의 질곡이 해일처럼 밀려 들어와 알지도 못하면서 우선 마음부터 어지러워지곤 한다.

　뮤지컬 서편제는 1막과 2막으로 이루어진 2시간 반짜리 뮤지컬이지만 원작 소설은 한약재상으로 짐작되는 남도 사람이 소리를 하는 누이동생을 찾아다니는 세 토막짜리 짧은 단편에 지나지 않는다. 오누이가 왜 헤어졌는지도, 누이가 눈이 먼 사연도 그저 짐작만 할 뿐이라 더욱 애가 끊는다. 짧은 단편 안에 단가부터 시작해 판소리들 대목이 숨 가쁘게 줄줄이 나열되고 세 번의 만남 중 오누이의 재회는 가운데 단 한 번뿐이다.

두 사람은 한 서린 소리와 북장단으로 주거니
받거니 날이 새도록 소리를 매기고 들은 후 또 말도
없이 헤어져 다시는 만나지 못한다. '한'을 다치고
싶지 않기 때문이다. 원작에서 동호는 유봉이 동네
사람들 몰래 정을 통한 여인이 유봉 아닌 전 남편
사이에서 낳은 아들이고 그 여인이 세상 떠나며
낳은 딸이 송화지만 영화에서는 송화를 데려와
동호에게 누이라며 손을 쥐여준다. 송화의 부모가
누구인지는 명확하게 언급되지 않지만 송화는
유봉을 아버지라 부른다.

소설 〈서편제〉가 1/3 지점에서 동호가 송화의
실명을 알고 망연자실하는 순간, 독자가 그의
망연자실과 경악을 함께 겪는 반면, 뮤지컬 속의
동호는 마지막에 가서야 송화가 눈이 멀었다는
사실을 알게 된다. 몇 번의 재연을 거치며 각색에
각색을 거듭하면서 동호의 아내가 등장하는 장면도
지우고 동호는 간절히 송화를 찾지만 송화는
끈질기게 도망치는 인연으로 2막을 내내 보낸다.
동호 인생의 유일무이한 여인으로 송화가 승격된

112

셈이다. 동호는 2막에서는 가수로서 대성공을 거두는 인물인데 그토록 사랑하면서도 송화를 찾지 못한다는 설정 자체가 사실은 무리일 수도 있다. 1막이 송화가 눈멀기까지의 사연이라면 2막은 송화를 찾아가는 동호의 먼 길이다. 송화는 송화대로 눈이 먼 상태로 한을 노래하며 소리의 일가를 이루고 동호는 동호대로 송화를 그리워하며 가요로 일가를 이루니 둘 다 유봉의 꿈을 이루긴 이룬 셈이지만, 이 둘이 일생 오로지 서로만을 끔찍이 여기며 사랑했다면 대체 유봉은 두 사람에 무슨 못 할 짓을 했단 말인가.

판소리는 한의 소리라고 한다. 유봉은 끊임없이 송화에게 한을 삭혀서 소리를 내라고 주문하는데, 그 자신이 젊어서 이름 얻는 데 조급했음을 후회하면서도 그보다 더 끔찍한 조급증으로 송화의 눈에 독을 들이붓는다. 송화가 자신을 떠날까 봐, 떠나서 자신의 소리가 아예 사라질까 봐. 송화는 잠시 마음이 흐트러졌어도 다음 날 아침이면 습관처럼

소리를 할 인물이건만, 제 발로도 걸었을 그 길에
강제로 매여 '미워요!'를 절규할 때 거기 맺힌
한스러움에 유봉은 희열을 맛본다. 유봉의 꿈이
투영된 삶을 살아온 송화에게 다른 선택지는 없다.
동호와 유봉이 그토록 욕망에 충실할 동안 송화의
'꿈'은 들리지 않는다. 무언가를 하고 싶다고 한 것도
아니고, 단 한 번 소리가 하고 싶지 않다고 말한
탓으로 송화는 눈을 잃는다. 소설의 송화는 죽은
애비 삼년상을 피를 토하는 소리로 장렬하게 치르고
뒤도 돌아보지 않고 떠나버리지만 영화나 뮤지컬의
송화는 그저 용서하고 끌어안을 뿐이다.

　　뮤지컬 속 송화의 속내는 손등을 훌쩍 덮는
긴 소맷자락 속으로 숨어든다. 원작 소설이 발표된
1976년으로부터 40여 년이 지났다. 여러 각색을
거쳤어도 송화의 한은 소맷단 밖으로 나오지 못한다.
송화는 뮤지컬에서도 영화에서도 여전히 긴 소맷단
안에 갇혀있다. 극 중 누구도 그토록 긴 소맷단이
달린 옷을 입지 않는다. 그 긴 소맷단에는 자라지
않는 송화의 내면이 담겨 있다. 송화는 자라서는

안 된다. 자라면 때가 타기 때문이다. 긴 소맷단
안에 손등을 감춘 송화는 그를 바라보는
유봉과 동호의 시선 속의 송화이지 송화가
아는 그 자신이 아니다. 두 남자의 뮤즈이자
이상향으로서의 송화는 여전히 처음 유봉의
손을 잡고 나타나 동호의 이름을 불렀던 그 어린
송화다. 그 어린 송화가 자신보다 어린 동호를
돌보고 자신보다 한참 어른인 유봉을 돌보면서
길을 떠돌다 마침내는 유봉의 집착의 희생양이
된다. 그럼에도 불구하고 무대 위 송화는
원망마저 거둔다. 그렇기에, 뮤지컬의 마지막
장면에서 노래를 부르며 소매로부터 손이 온전히
드러난 송화가 자신의 소원인, 눈을 뜨고 동호를
보고 싶다는 마음으로 부르는 '심봉사 눈 뜨는
대목'은 처연하면서도 씁쓸하다. 이 뮤지컬에서
오로지 송화만이 자신을 희생해서라도 예술을
완성시키는 인물이다. 눈이 멀어서도 소리꾼으로
전국을 돌아다니는 유랑꾼이다. 그런 인물의
삶이 어찌 어린 소녀처럼 긴 소맷자락 안에
갇히랴. 누구보다 큰 질곡을 겪으면서도 쓰러지지

않은 강한 인물이건만 송화를 바라보는 시선은
여전히 그를 망가뜨리면서도 사랑한다고 부르짖던
그 사람들의 시선 안에 갇힌다. 이 뮤지컬을
볼 때마다, 살포시 송화의 소맷자락을 올려주고
싶어진다. 그때는 송화가 눈을 번쩍 뜨리라.

종교의 탄생

♪ 우간다인들의 노래
'하사 디가 이이보와이
HASA DIGA EEBOWAI!'

북 오브 모르몬 The Book of Mormon

작곡/작사/대본
트레이 파커 Trey Parker,
로버트 로페즈 Robert Lopez,
맷 스톤 Matt Stone
초연   2011, 브로드웨이

줄거리

인생에 한 번은 2년 동안 집을 떠나 선교 활동을 가야 하는 모르몬교의 남성들. 배운 대로 말하기보다 지어내서 대답하기를 좋아해서 교육센터에서 항상 지적당하는 열등생 아놀드 커닝햄과 우등생 케빈 프라이스가 짝을 이뤄 아프리카의 우간다로 가게 된다. 간절히 기도하면 올랜도로 가게 될 거라 믿었던 순진한 우등생 프라이스는 실망을 애써 감추고 열등생이자 입에서 나오는 대로 지껄이는 커닝햄과 함께 우간다에 도착한다. 도착하자마자 갱단에게 가방을 털린 이들은 절망적인 우간다 선교담을 전해 듣는다. 낙담도 모르고 모르몬경도 모르는 커닝햄이 마을 사람들이 원하는 대로 성경을 지어내고 있다는 사실을 모르는 프라이스는 마을 사람들은 물론 매력적인 나불룽기와도 친숙해진 커닝햄을 보며 질투하고 좌절한다. 절망에서 길어 올린 패기로 동네를 장악한 갱단 두목에게 선교하러 갔다가 몸과 마음을 다 상하고 돌아온 뒤 프라이스는 커닝햄의 방식을 따르기로 마음먹는다. 한편 그동안 단 한 명도 모르몬교로 개종한 적 없던 지역에서 한 마을 전체가 개종했다는 놀라운 소식에 유타주의 모르몬교 본산에서는 격려와 확인차 우간다를 방문한다. 하지만 터무니없는 말을 하며 모르몬교라 주장하는 신도들에게 경악해 우간다 선교지부 자체의 철수를 결정한다. 커닝햄과 프라이스의 신이 갱단도 물리치고 에이즈도 낫게 해줄 거라 믿었던 마을 사람들은 할 수 없이 갱단 두목에게 투항하면서 커닝햄은 사자에게 잡아먹혔다고 고백하는데, 커닝햄과 프라이스는 과연 어떻게 그들만의 해피엔딩에 다다를 수 있을까?

노래의 가사들을 차마 직역할 수 없을 정도로
뮤지컬 〈북 오브 모르몬〉의 가사와 대사들은
노골적인데 그중에서도 이 노래의 가사는
단연 선두에 있다. 어쩌면 그동안 브로드웨이
뮤지컬에서는 차마 쓸 엄두를 내지 않았던
단어들일 것이다. 약간의 욕설은 린 마뉴엘-
미란다가 작곡, 작사, 주연까지 맡았던, 랩 음악이
처음으로 사용됐던 뮤지컬인 〈인 더 하이츠 In the
Heights〉에서 살짝 등장한 적이 있지만 〈북 오브
모르몬〉에 비하면 한없이 순한 맛이다. 브로드웨이

뮤지컬들은 아무리 험악한 상황이라도 가사에서만큼은 욕설을 직접 사용하기를 꺼려왔다. 오죽하면 제목이 〈오줌마을 Urine Town〉인 작품조차도 비속어 하나 없는 대본으로 그 정교함을 인정받았을 정도다.

이 뮤지컬은 다르다. 욕설을 피해가기는커녕 대놓고 적극적으로 사용한다. 세상 순진한 모르몬교 선교사인 두 주인공에게 쏟아지는 욕설 세례는 아찔할 정도다. 이들이 선교를 나간 곳이 험지 중에서도 험지인 아프리카 우간다에서도 산적 같은 갱단이 차지한 곳이라는 설정 때문이다. 두 주인공이 아무리 아름다운 말을 골라 쓰려고 해도 그들에게 돌아오는 것은 일단 'F'로 시작하는 말들이다. 그것도 노래 가사에. 누가 그랬던가, 뮤지컬 가사는 아름다워야 한다고. 뮤지컬 〈북 오브 모르몬〉의 가사는 고전적인 의미의 아름다운 가사에는 부합하지 않는다. 그건 확실하다. 하지만 잘 짜인 내용과 라임마저 웃음을 촉발할 정도로 정교하게 짜인 코믹송이라는 측면에서 보면 그저 아름다울

뿐이다.

작품에 등장하는 대사에 따르면 "하사 디가"는 '신(God)', "이이보와이"는 '엿 먹어라(Fuck You)'로 신은 엿이나 먹으라는 내용이다. 이 노래는 노골적으로 뮤지컬 〈라이온 킹 The Lion King〉의 히트곡인 '하쿠나마타타'를 패러디한다. 뮤지컬의 초반, 아놀드 커닝햄과 케빈 프라이스가 우간다로 발령 나자 두 사람을 배웅하는 가족, 친지, 친구들이 뮤지컬 〈라이온 킹〉의 유명한 캐릭터인 원숭이 라피키가 부르는 첫 곡 '생명의 순환 Circle of Life'의 유명한 첫 소절, 개그맨들이 잘 부르는대로 "나~주 평야! 발바리 치와와!"를 반복하는데, 미국 유타주에서만 살아온 모르몬교도들의 머릿속 아프리카는 만화 〈라이언 킹〉의 평화로운, '나와는 상관없는' 약육강식의 세계임을 직관적으로 보여준다. 하지만 커닝햄과 프라이스가 도착한 아프리카는 '진정한' 약육강식의 땅이다. 공항에서 내리자마자 기관총을 스냅백처럼 덜렁이며 다가온 사람들은 그 지역을 다스리는 반군들이다. 다짜고짜 "네 가방을 가져간다!"
선언하고, 놀라 비명을 지르는 커닝햄의
머리에 총구를 들이대고 유유자적 모든 걸
약탈해 사라진다. 어안이 벙벙해 있는 두 초보
선교사 앞에 나타난 안내인 마팔라는 '가방을
도둑맞았다!'는 두 사람의 호들갑이 마치 '만나서
반가워요'이기라도 한 듯 어서 가자고 앞장선다.

　　이들의 호들갑이 끝나지 않자 마팔라가
선창하고 마침내 온 마을 사람들이 다 같이
부르는 노래가 바로 이 노래다. "하쿠나마타타"가
스와힐리어로 '걱정 없다'는 뜻이고 뮤지컬
〈라이언 킹〉에서 마치 "케세라세라"처럼
쓰인다면 "하사 디가 이이보와이"는 훨씬
현실적이다. 주어진 현실이 너무 끔찍하기에
하늘을 향해 가운뎃손가락을 올려 보이지
않고는 살 수 없는 일상이 매일매일 벌어지기
때문이다. 뜻도 모르고 재수가 없을 때면 하는
말인 줄 알고 신나게 따라 불렀던 커닝햄과 달리
뭔가 미묘하게 신경을 거스르는 점을 눈치챈
프라이스는 마팔라를 붙들고 물어본다. 그래서

정확한 뜻이 뭐냐고. 마팔라는 '신, 엿 먹어'라는
뜻이라고 친절하게 알려주고 프라이스는 신나서
이 노래를 따라 부르던 커닝햄을 급히 만류한다.
하지만 F로 시작하는 단어를 쓰지 않고 설명하기란
얼마나 어려운지! 이런 못된 단어를 써야 할 만큼
나쁜 일은 없지 않냐는 프라이스의 질문에 우간다
주민들이 늘어놓는 이야기들은 한 문장 한 문장이
한 시간짜리 심층 다큐로 찍을 만큼 비극적인데
노래는 발랄하기 그지없다. 커닝햄과 프라이스는
벌어진 입을 간신히 닫는다.

뮤지컬 〈북 오브 모르몬〉은 어떤 면에서는
〈지저스 크라이스트 슈퍼스타〉만큼이나 신에 대한
의문을 던진다. 〈북 오브 모르몬〉의 대본, 작사,
작곡을 모두 함께한 트레이 파커와 맷 스톤은
성인용 애니메이션 〈사우스 파크 South Park〉의
대본 작가들이다. 사우스 파크의 등장인물 가운데
가장 마음 약한 인물이 바로 염소 발굽과 붉은 뿔과
꼬리가 달린 지옥의 악마가 아니었던가. 두 작가는
이 작품을 두고 "무신론자가 종교에 보내는

러브레터"라고 생각해 달라는 말을 한 적이
있는데, 철저한 무신론자인 줄 알았던 〈사우스
파크〉의 작가들이 종교에도 순기능이 있음을
보여주는 면모도 놀랍다. 물론 그들이 믿는 것은
종교 그 자체의 순기능이 아니라 종교를 만드는
인간들의 선한 의도다. 아무리 아름다운 종교도
경전에 박제되고 세월이 지나면 애초의 아름다운
의미는 사라지고 융통성 없는 형식만 남아,
종교의 힘이 절실하게 필요한 사람들에게 도움이
되기는커녕 억압만 되는 모습을 수도 없이 많은
종교를 빙자한 전쟁터에서 보아 왔기 때문이다.
이 작품에 부제를 마음대로 붙일 수 있다면,
그것은 아마도 '종교의 탄생'이 아닐까. 작곡가인
로버트 로페즈는 아내인 크리스틴 앤더슨
로페즈와 함께 한때 전 세계인들이 질리도록
부르고 또 불렀던 바로 그 노래 '렛 잇 고 Let It
Go'가 담긴 디즈니 애니메이션 〈겨울왕국〉을
작곡해 돈방석에 앉은 그 사람이다.
　　〈지저스 크라이스트 슈퍼스타〉가 처음
공연됐을 때, '하나님'을 믿는 세 종교인

유대교, 개신교, 천주교가 모두 피켓을 들고 모여 공연 중지와 공연 관계자의 지옥행을 예언하는 시위를 했었다. 하지만 〈북 오브 모르몬〉 극장 앞에서 시위를 한 모르몬교도는 없었다. 그건 아마도 이 작품 속에서 모르몬교도들이 한없이 바보스러우면서도 한없이 사랑스럽게 그려졌기 때문이 아닐까? 통렬하게 종교를 비웃으면서도 웃음 속에서, 비웃음을 당하는 대상마저도 감탄하게 하는 그 재능이야말로 〈사우스 파크〉의 작가들에게 주어진 악마의 선물일지도 모르겠다.

크지만 작고, 단단하지만 여린
롤라의 매력

♪ 롤라와 엔젤들이 부르는

'롤라의 세상 The Land of Lola'

킹키부츠 Kinky Boots

작곡/작사	신디 로퍼 Cyndi Lauper
대본	하비 파이어스틴 Harvey Fierstein
원작	줄리언 재롤드 Julian Jarrold,
	〈킹키부츠 Kinky Boots〉
초연	2012, 브로드웨이

줄거리

아버지의 구두공장을 물려받은 찰리는 악성 재고가 가득
쌓여있고 문을 닫는 거 말고는 할 수 있는 일이 없다는 걸
알게 된다. 구두 만들기가 싫어서 고향을 등지고 런던으로
나가 살았지만 어릴 때부터 봐왔던 공장 식구들을 해고하고
공장 문을 닫자니 죽을 맛이다. 재고라도 처리하려고 갔던
런던에서 불량배에게 쫓기던 여성을 구하려다 그 여성이 휘두른
하이힐에 맞아 기절했던 찰리는 자신을 구해준 여성이 드랙퀸
클럽을 운영하는 롤라임을 알게 된다. 그리고 그들이 신는
구두 뒷굽이 너무 쉽게 부러진다는 걸 알고 공장 직원 로렌이
말했던 '틈새시장'을 발견한다. 롤라의 도움을 받아 밀라노
패션쇼에 낼 구두를 만들지만 시간은 빠듯한데, 찰리는 롤라와
동질감을 느끼는 한편 로렌과 전우애 같은 사랑이 싹튼다.
패션쇼가 다가올수록 신경이 곤두선 찰리는 밀라노 출발을
앞두고 롤라에게 막말을 퍼붓고 헤어진 뒤 롤라와 엔젤들 없이
초라하게 혼자 패션쇼 무대에 하이힐을 신고 오르게 되는데….

뮤지컬 〈킹키부츠〉의 주인공 롤라는 그야말로 얼음 동동 띄운 뜨거운 아메리카노 같은 인물이다. 그는 뜨겁고 차갑고 수줍고 과감하다. 이 인물을 한마디로 표현하려면 '한마디로는 표현할 수 없는 인물'이라고밖에는 할 수 없다. 드랙퀸인 그의 직업은 직업만이 아니라 그 자신의 정체성인지라 화장을 지우고 드랙을 벗으면 그는 자신이 아닌 듯한 어색함에 주눅이 든다. 그가 주눅이 드는 것은 자신의 정체성이 "일반적인 사회"에서 쉽게 받아들여지지 않는다는 사실을 어린 시절부터의 경험으로 뼈저리게 알고 있기 때문이다.
정체성의 옳고 그름 때문이 아니라 사회적인
차가운 눈초리 때문이다. 뮤지컬 〈킹키부츠〉가
성공하기 위해서는 바로 그 "일반적인 사회"라고
간주되는 관객들을 롤라의 편으로 끌어들여야만
한다. 그리고 화려하고 일면 뻔뻔해 보일
정도로 개성이 강한 롤라의 이면에 있는 고독과
외로움에 관객이 이입할 수 있어야만 한다. 원작
영화는 이러한 롤라의 개성을 차고도 넘치게
구축해 놓았고 드랙퀸인 그의 역할 덕분에
무대에서 보여줄 수 있는 화려한 볼거리도 이미
준비된 셈이다. 브로드웨이가 이 작품에 군침을
흘린 것은 어쩌면 당연한 수순이었다.

　　롤라는 등장부터 강렬하다. 어두운
뒷골목에서 불량배들에게 쫓기더니 이내
하이힐을 벗어들고 불량배를 단숨에 물리친다.
완력으로 따지면 무대 위에 등장하는 어떤
인물보다도 강력하다. 오히려 쓰러진 쪽은
어쭙잖게 롤라를 돕기 위해 달려들었던

찰리다. 그러니 찰리와 롤라의 만남도 강렬할
수밖에 없다. 롤라의 하이힐에 얻어맞아 기절한
찰리가 눈을 떴을 때 본 것은 화려한 스팽글
드레스를 걸친 롤라다. 찰리는 드랙퀸 세계에서
나름 잘 굴러가고 있던 롤라의 인생에 어느 날 뚝
떨어져서는 롤라의 인생을 밑바닥부터 다시 한번
흔들어댄다. 찰리에게는 여장 남자인 드랙퀸들을
위한 강인한 스틸레토 힐을 만드는 것만이 공장을
닫지 않고 회생할 수 있는 유일한 길이다. 롤라는
그러한 찰리를 못 본 척할 수도 있었다. 하지만
롤라는 찰리의 구원 요청에 손을 내민다. 찰리가
잘생겨서나 매력 있어서가 아니라 자신만이
아닌 타인인 공장 직원들의 인생을 길바닥으로
내보낼 수 없어 전력투구하는 찰리의 모습에 마음이
동했기 때문이다. 하지만 그 '타인'들은 롤라에게
손가락질하던 바로 그 "일반적인 사회"다.

   뮤지컬 〈킹키부츠〉는 롤라가 자신에게
손가락질하던 사람들을 자신의 편으로 돌려세우고
편견이라는 마음속의 커튼을 걷어내는 과정이다.
그리고 이 노래 '롤라의 세상'은 롤라가 세상을

132

향해 나란 사람은 어떤 사람이라고 포효하는
노래다. 이 노래는 관객들에게 드랙퀸이라는
존재를 단단히 각인시킨다. 주변에서 자주
볼 수는 없을지 몰라도 한번 보면 잊히지 않는
엔터테이너라는 사실을.

　　　헛된 기대는 문밖에 두고 눈앞에
펼쳐지는 풍경에 집중하라는 노래는 롤라에
대한 찬가이면서 롤라가 관객에게 마음을
열어 달라며 건네는 부탁이기도 하다. 물론
그 부탁은 겉으로는 정중하기보다는 차라리
거만할 정도지만, 그 안에 담긴 내용은 편견이나
선입견으로부터 자유로워지라는 부탁이다.
드랙퀸 롤라는 권투로 단련된 강철처럼
단단한 두 팔을 지닌 자유로움이자 변덕스러운
존재라고, 그래서 누구든 한 번 그가 있는
클럽의 문지방을 넘었다면, 이미 그는 롤라에게
사로잡힌 존재라고 노래한다. 사실 대부분의
사람들은 그 문지방을 넘지 않는다. 그런
문이 있는지도 모르는 사람들도 있다. 극장에

앉아 있는 관객들은 사실상 이미 롤라의 포로가
될 마음의 준비가 되어 있는 것이나 마찬가지다.
롤라는 이미 열릴 준비가 된 관객들을 자신의
환상으로 초대하여 자신을 드러내고 혹시라도 아직
마음을 열지 못한 관객이라면 마음을 열 수 있게
이끈다.

롤라라는 이름이 뮤지컬에 처음 등장한 것은
1955년, 브로드웨이가 잃어버린 천재 작곡가
제리 로스의 뮤지컬 〈망할 놈의 양키즈 Damn
Yankees〉에서다. 롤라는 악마에게 영혼을
팔고 영원한 젊음과 아름다움을 얻지만 악마의
유혹을 이기지 못하고 악마의 하수인으로 전락해
악마가 유혹하라고 사주한 남자들을 타락시켜
지옥으로 보내는 일을 해왔다. 한 번도 실패한
적이 없는 마성의 롤라지만 젊음을 돌려받고
천재 야구선수가 되어 자신이 지지하던 야구단의
승리를 이끌고 싶은 조는 어쩐지 유혹할 수가 없다.
겉으로는 젊고 멋진 몸매의 야구선수지만 조의
마음속에는 집에서 자신을 걱정하고 있는 늙은

아내 생각뿐이다. 게다가 그는 육탄공세를
펴오는 롤라의 옷을 입혀주며 도리어 롤라의
건강을 걱정하는 순정파다. 마음은 아직도
철없는 어린아이 같은데 몸만 겉늙은 사람들이
수두룩한 시대에, 조는 겉은 아름다운 청년인데
마음은 노인인 신기한 존재다. 결국 롤라는
그런 조를 사랑하게 되어 조가 악마와의 계약을
깨고 아내에게 돌아갈 수 있게 도와주고 악마의
저주를 덮어쓰게 된다. 무척 재미있는 코믹
뮤지컬이지만 롤라의 배역은 공연이 끝나고도
내내 마음에 남는다. 누군가를 위해 자신을
희생한 롤라에게도 구원이 있기를 바라게 된다.
　　뮤지컬 〈킹키부츠〉의 롤라의 이름은 바로
이 〈망할 놈의 양키즈〉의 마성의 여인 롤라에서
따온 이름이다. 원작인 영화에서 롤라는 뮤지컬
〈망할 놈의 양키즈〉에서 롤라가 조를 유혹할 때
부르는 노래 '롤라는 다 가져 Whatever
Lola Wants'를 부른다. 마성의 여인 롤라가
오로지 조 한 명만 유혹하지 못하는 것처럼,
뮤지컬 〈킹키부츠〉의 롤라 역시 찰리를 손에

넣지는 못한다. 그들 사이에는 강렬한 첫 만남과 서로가 서로를 구원하는 서사가 존재하지만, 이성애 연애가 해피엔딩인 세계에서 그들에게 허락된 것은 우정뿐이다. 롤라는 대신 로렌을 찰리에게 밀어서 "네 남자를 일으켜줘"라고 부추긴다. 롤라는 이미 이름부터가 스포일러인 셈이다. 그러한 롤라가, 세상과 관객을 향해 당당하게, 자신의 매력에 빠질 거라고 장담하는 이 노래는, 작곡가 신디 로퍼의 향기가 물씬 풍기는 명곡이다.

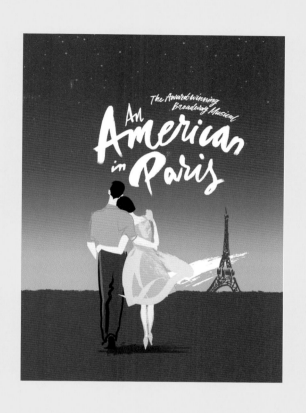

전설들이 사랑했던 노래

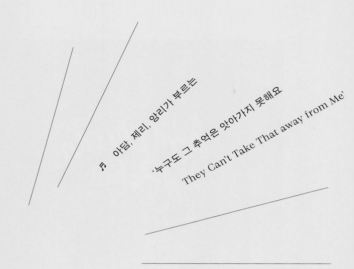

♫ 아담, 제리, 앙리가 부르는
'누구도 그 추억은 앗아가지 못해요
They Can't Take That away from Me'

파리의 아메리카인 An American in Paris

작곡	조지 거슈윈 George Gershwin
작사	이라 거슈윈 Ira Gershwin
대본	앨런 제이 러너 Alan Jay Lerner, 크레이그 루카스 Craig Lucas
원작	빈센트 미넬리 Vincente Minnelli, 〈파리의 아메리카인 An American in Paris〉
초연	2014, 파리

줄거리

2차대전이 끝난 직후, 파리에서 우연히 만났던 미지의 여인에
대한 그리움과 화가의 꿈을 안고 돌아온 전직 미군 장교 제리
멀리건은 작곡가 아담의 도움으로 근근이 그림을 그리며
살아간다. 아담의 부유한 친구 앙리는 나름 가업과 자신의
꿈 사이에서 고민 중인데 이 세 사람 모두 꿈속의 여인을
그리워한다. 파리 오페라 극장에서 열리는 오디션의 피아노
반주를 위해 출근한 아담을 따라가서 발레리나의 동작을
스케치하던 제리는 뒤늦게 오디션에 참가한 리스를 보자마자
자신이 찾던 여인이라는 사실을 알게 된다. 리스와 데이트하고
싶지만 리스는 애인이 있다며 거절한다. 동시에 제리의
그림에서 재능을 알아본 미국인 마일로가 제리에게 마음을
준다. 사랑의 작대기가 보답받지 못할 방향만 일방적으로
가리키는 것 같은 상황에서 리스의 애인이자 약혼자가 앙리라는
사실을 알게 되자 사태는 더욱 암담해진다. 리스의 마음은,
전쟁 중 가족을 살려준 앙리의 마음을 받아들여야 한다는
것을 알면서도, 가질 수 없는 제리를 향한다. 아담 또한 자신의
프리마돈나인 리스에게 마음을 두지만 리스가 사랑하는 사람이
제리라는 사실을 알고 마음을 접고 리스에게 진짜 마음을
따르라며 따듯한 충고를 건넨다. 앙리, 아담, 제리 세 남자는
각자의 자리에서 리스를 떠올리며 리스를 회상한다. 리스의
선택은 누구일까.

아주 오래전, 시골 할머니 댁에 가면 티브이에
미닫이문이 달려 있었다. 주말 밤 8시 반이면
'어린이 여러분 잠자리에 들 시간입니다'라는
문구가 떴고 그 문구에 순진한 아이들이 잠이 들
무렵이면 〈영광의 탈출〉 주제가와 함께 '주말의
명화'가 시작됐다. 주말의 명화 오프닝의 끝
무렵에는 뮤지컬 영화 〈사운드 오브 뮤직〉의
'도레미 송' 장면도 슬쩍 지나갔었다. 그 '주말의
명화'나 '토요 명화' 시간에 가끔 뮤지컬 영화들을
방영해주곤 했다. 그런 날이면 부모님과 함께

나란히 앉아 밤늦도록 영화를 볼 수 있었다.
영화가 뭔지도 잘 몰랐던 어린 시절이라 왜 서양
사람들은 총천연색의 화면 속에서 사랑 고백을
노래로 하는지 궁금했었다. 부모님이 어린
자식을 재우지 않고 맘 놓고 보여줄 수 있는 영화
대부분이 뮤지컬 영화였기 때문이라는 사실은
좀 더 철이 든 후에야 알게 되었다.

그 당시 넋을 놓고 본 영화 중에 〈사랑은
비를 타고 Singin' in the Rain〉과 〈파리의
아메리카인 An American in Paris〉이
있었다. 전설적인 뮤지컬 배우 진 켈리가 주연한
작품들이었는데 사실 〈파리의 아메리카인〉은
거슈윈의 음악이 지닌 아름다움은 컸지만
이야기에는 크게 공감하지 못했었다. 그래서인지
몰라도 1951년에 개봉했던 영화가 원작인
이 작품이 무대로 옮겨지기까지는 꽤 오랜
시간이 걸렸다. 무대로 옮겨진 뮤지컬은 나름
성공적이었다. 영화를 무대 뮤지컬로 개작하면서
주인공들을 파리의 샤틀레 극장으로 한데
모아 샤틀레 극장에서 프리미어 무대를 올리게

만드는 아이디어도 좋았다. 우연과 우연이 겹쳤던
원작 영화와 달리 이들이 만나 한자리에 모이게
되는 계기가 분명하게 생기면서 인물들 간의
접점에 개연성도 생겼다. 전쟁 중 도와준 집안의
아들에게서 받은 청혼을 거절하기도, 그렇다고
마음이 움직이는 사람에게 마음대로 다가갈 수도
없는 리스의 상황에서 리스의 선택권이 거의 보이지
않았던 영화와 달리, 무대 뮤지컬에서는 리스의
선택이 무엇보다 중요해진 점도 크게 달라진
부분이다. 리스를 사랑하는 세 남자가 저마다
자신의 사랑이 리스에게 짐이 될 수도 있다는
사실을 깨닫는 점도 원작과 다르다.

그리고 새로 만들어진 〈파리의
아메리카인〉에는 예상치 못한 노래가 들어 있다.
거슈윈이 남긴 수많은 명곡들이 있지만 그중에서도
루이 암스트롱과 엘라 핏제랄드가 부른 버전으로
가장 유명한 바로 이 노래, '누구도 그 추억은
앗아가지 못해요'의 전주가 들린 순간, 귀를
의심했다. 영화에는 이 노래가 등장하지 않는다.

142

물론 무대에는 영화에는 없는 거슈윈의 넘버들이 몇 곡 더 들어오긴 하지만 이 노래를 세 남자가 리스에 대한 마음을 비우며 각자의 방식으로 리스를 그릴 때 쓸 줄은 미처 예상하지 못했다.

이 노래에는 한 사람을 머릿속으로 그리며 한 절마다 세 번의 회상이 지나가는데 이 회상을 고스란히 세 인물에게 투영했다. 원래 진 켈리가 연기했던 제리 멀리건이야 그렇다 치고 리스에게 청혼하는 프랑스인 앙리와 작곡가 아담이 모두 리스와 사랑에 빠지지만 그렇다고 해서 리스가 단지 아름답기 때문이 아니라는 사실도 좋았다. 화가인 제리 멀리건이 부자 미술품 수집가인 마일로를 데이트의 대상이 아니라 그저 한 명의 컬렉터로 대하고 마일로는 그런 제리의 패기를 쿨하게 인정하는 사람이 되어 이야기를 단순한 사랑 다툼으로 끌어가지 않고 무대 위에서 시간을 낭비하지 않는 것도 원작과 달라진 부분이다.

사실 이 노래는 아무리 무대 위 세 배우가 잘 불러도 루이 암스트롱과 엘라 핏제랄드가 불렀던 그 버전을 능가할 수는 없다. 그건 어쩔 수 없는 사실이다. 하지만 이 노래의 가사를 단 한 단어도 바꾸지 않고 그대로 사용하면서 세 남자의 리스에 대한 감정을 그대로 담을 수 있었던 크레이그 루카스의 영리한 각색에 감탄하지 않을 수가 없다. 이루어질 수 없는 연인을 그리워하며 마음만은 누구도 가져갈 수 없다는 가사의 원뜻도 고스란히 지켰다. "당신을 계속 사랑할 수밖에 없는 많고 많은 놀라운 일들이 있어요. 당신이 허락한다면 여기 조금만 늘어놔 볼게요. 당신이 모자를 쓰는 법, 당신이 차를 홀짝이는 법, 그 모든 기억들, 아니, 누구도 그 추억은 앗아가지 못해요." 사실상 이 노래는 사랑하는 사람의 모든 것을 잊을 수 없다는 얘기다. 사랑하는데 어쩌란 말인가.

거슈윈은 이 노래를 너무나 사랑한다고 말했지만 너무 일찍 세상을 떠났고, 이 노래를 널리 널리 알리며 그 사랑을 세상에 알린 것은 이 노래를 영화 속에서 부르고 춤춘 브로드웨이의 댄서이자 배우이자 제작자였던 프레드 아스테어였다. 프레드

144

아스테어는 브로드웨이나 할리우드 영화에서
어느 한 곡이 히트하면 다른 영화나 작품에서
거듭 그 곡이 쓰이는 방식을 좋아하지 않았다.
뮤지컬의 넘버들은 작품 안에서 등장할 때
작가들이 만든 개연성과 함께 그 가치가 더욱
올라간다고 믿었기 때문이다. 그는 일찌감치
뮤지컬 넘버의 기능이 오페라 넘버와 같이
드라마의 중요한 일부라고 생각했던 선각자
중 한 명이었다. 그런 신념 때문에 그는 특히나
자신이 가장 중요하게 여기는 댄스 장면에서는
절대로 같은 노래를 다시 쓰지 않았지만 오로지
이 노래만은 각기 다른 영화에서 반복해서 다른
춤을 추는 장면을 만들었다.

　　프레드 아스테어가 이 노래에 맞춰 처음
춤을 춘 영화는 나중에 리처드 로저스와 오스카
해머스타인 2세가 차용해서 다시 한번 큰
히트를 기록했던 1937년 개봉작 〈쉘 위 댄스
Shall We Dance〉였다. 리처드 로저스와
오스카 해머스타인 2세는 이 영화의 제목을
자신들의 뮤지컬 〈왕과 나 King And I〉의

가장 인상적인 장면에 넣었고 그 자체로 또 수많은
영화와 소설에 오마주가 되는 명작이 되었다.
프레드 아스테어가 이 노래를 처음 부른 영화 〈쉘
위 댄스〉에서의 장면은 프레드 아스테어와 진저
로저스가 함께 만들어온 다른 영화들의 장면들과
좀 많이 달랐다. 노래는 오로지 프레드 아스테어가
부를 뿐이고 이별을 앞둔 진저 로저스는 노래
부르는 프레드에게 들키지 않으려고 혼자 등뒤에서
눈물을 머금고 슬퍼할 뿐이다. 그리고 단 한 번의
스텝도 밟지 않는다. 브로드웨이 뮤지컬 역사상
가장 궁합이 잘 맞는 댄스 커플이었던 그들이 이
유례없는 히트곡을 그저 서서만 불렀다는 사실도
놀랍다. 프레드 아스테어는 그게 안타까웠던지 영화
〈브로드웨이의 바클레이 부부 The Barkleys of
Broadway〉에서 진저 로저스와 부부로 출연해
무대 위에서 이 노래를 부르며 춤을 추는데, 이때도
노래를 부를 때는 노래에 훨씬 더 집중하며 간주가
나올 때에야 비로소 본격적인 춤을 춘다. 어쩌면
이 노래는 듣는 사람에게는 다시 없는 달콤한
사랑의 고백이나 마찬가지이기 때문일까, 춤과 함께

불리기보다는 항상 들려주는 노래로 사용되어
왔다. 아이러니하게도 그토록 잘 맞는 댄스
커플이었던 프레드 아스테어와 진저 로저스의
영화 속 인연도 이 영화로 마지막이어서 이별을
앞둔 노래 가사처럼 되어버렸다.

영화 〈해리가 샐리를 만났을 때〉에서
해리가 샐리에게 고백하는 마지막 장면의
대사들이 노래 속으로 들어온다면 바로
이 노래 가사가 된다. 그리고 그 노래 가사는
영화보다 50여 년 먼저 쓰였다. 세상에 새로운
것은 없다지만 그래서 우리는 늘 조금씩 다른
방식으로, 같은 이야기를 거듭거듭 보는 게
아닐까.

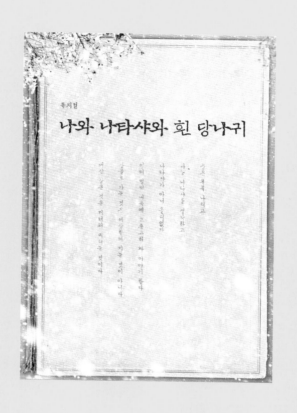

뮤지컬

나와 나타샤와 흰 당나귀

사실은 간데없지만 시는 아름답다

♪ 백석과 김영현이 부르는

'나와 나타샤와 흰 당나귀'

나와 나타샤와 흰 당나귀

작곡   채한울
작사   백석, 박해림
대본   박해림
초연   2016, 서울

줄거리

백석의 시 '나와 나타샤와 흰 당나귀'에 등장하는 나타샤라고
주장한 일명 '자야', 김영한과 백석의 인연이 뮤지컬의 줄거리다.
백석은 다른 여인에게 세 번이나 청혼을 하고 거듭 거절당하던
길에 기생인 김영한을 보자마자 사랑에 빠져 자신의 아내라고
부른다. 아버지가 점지해 준 결혼을 두 번이나 하면서도 백석은
혼인하던 날 밤 신방을 빠져나와 김영한에게로 달려왔지만
그들의 사랑은 백석이 만주로 간 이후 끊어지고 해방 후에는
남북으로 갈린 이후 다시는 만나지 못하게 된다. 그와
법적으로는 한 번도 결혼한 적 없던 김영한이지만 그를 평생
그리워하다 세상을 떠난다. 뮤지컬은 백석과 자야가 주거니
받거니 했던 사랑의 언어를 재구성했고 가사는 대부분 백석의
시에서 따왔다.

식민지 시대의 글 쓰는 사내들은 요즘 기준으로 보면 인간으로서의 질이 좋지 않았다. 그들만의 자의식과 자격지심에 낭만을 버무려 신문물인 '자유연애'를 받아들였지만, 연애가 끝나고 나면 버려진 여성들이 헤픈 여자의 낙인이 찍혀 인생이 망가진 후에도 그들은 또 새로운 자유연애를 향해 떠나곤 했다. 식민지 시대의 이등 인생으로 출세도 유명세도 어려운 시대에 그들은 사랑할 자유를 외치곤 했지만 그 자유는 남성들만의 것이었다. 그래서인지 몰라도 그들이 들이댄 자유연애의 대상

가운데 절대다수를 차지했던 직업군은 당시의
연예인이나 마찬가지였던 기생들이었다. 기생은
조선 최초의 여성 배우였고, 여성 가수였으니
항상 선망의 대상이자 동시에 경멸의 대상이기도
했다.

그중에서도 잘생긴 흑백사진으로 유명한
시인 백석과 기생 자야의 사랑은 유명하다.
자야는 기생 김영현의 애칭으로 시인 백석이
붙여주었다고 한다. 그리고 그가 남긴 시 가운데
가장 유명한 시 '나와 나타샤와 흰 당나귀'에
등장하는 나타샤가 바로 자신이라고 김영현은
주장했다. 백석의 어느 시에서도 자야를 부르지
않지만 김영현의 주장으로 나타샤는 자야가
되었다. 자야를 떠나기 전날 밤 이 시를 품고
왔다고 김영현은 주장했지만, 사실은 그보다
전에 소설가 최정희에게 이 시를 편지로 보내
고백했었다는 사실이 나중에 밝혀지기도 했다.
백석은 인기가 많았던 탓인지 사랑도 꽤 여러
사람에게 넉넉하게 나눠준 듯하다.

어쨌든 백석으로부터 자야라는 애칭을 선사받은 김영현은 백석과 지지고 볶는 동거 생활을 했다고 하는데, 이 동거 생활의 하이라이트는 어느 날 집에 돌아오지 않은 백석이 중매를 거쳐 혼인을 하고 돌아와 자신은 아무것도 변하지 않았다고 주장했을 때였다. 뮤지컬에서는 마치 백석이 아버지의 부름을 받고 고향에 들렀다가 잡혀서 혼인을 치르고 신방에도 들어가지 않고 다시 자야에게로 돌아와 자야의 치마폭에서 후회의 눈물을 흘린 듯이 보이지만, 실제로 백석이 자야의 집에 돌아온 것은 열흘이 지난 후였다고 한다. 그러고 나서도 자신은 하나도 달라진 것이 없다고 말하는 이 기가 막힌 시인을 김영현은 죽을 때까지 잊지 못해 그의 생일인 7월 1일이면 음식을 입에 대지 않고 그리워했다고 하니 사랑이란 알 수 없는 무엇인가 보다.

거대한 요정 대원각을 운영하며 수많은 정치인들을 보아왔기에 김영현은 월북한 사람과 엮이면 인생이 얼마나 꼬이는지를 잘 알았을 터였다. 하지만 그는 자신의 사랑이 백석 시인이라는 사실을

154

숨기지 않았다. 백석은 월북작가로 분류되어 1987년에서야 처음으로 시집이 출간될 정도로 이름이 지워진 시인이었다. 그의 시를 읽는 것은 불순한 일이었다. 하지만 출간된 뒤에야 비로소 그의 시를 읽은 사람들은 가슴을 쳤다. 그의 시 어디에도 불순함은 없었다. 넘치는 서정과 아련함과 머리가 아니라 가슴으로 스며드는 언어들이 종이 위에 있었다.

실제 김영현과 백석의 사랑이 어떠했고 얼마나 아름다웠으며 구구절절했었는지는 사실 이제 와서는 중요하지 않다. 그들의 이야기는 뮤지컬로 각색되어 시구가 주는 아름다움으로만 남았다. 청초한 멜로디에 얹힌 시가 노래로 울려 나올 때 그들 사이의 진실은 이미 아무 의미가 없다. 누가 무대 위에서 지지고 볶는 연애의 현실을 보고 싶을까. 보고 싶은 것, 듣고 싶은 것, 아름다운 것들로 빼곡하게 들어찬 뮤지컬 〈나와 나타샤와 흰 당나귀〉 안에서 결국은 이 노래가, 이 구절이 남을 수밖에 없다.

그는 나타샤를 사랑하고 눈이 푹푹 내린다.
푹푹 패도록 내리는 눈은 그가 나타샤를
사랑해서다. 그와 나타샤의 사랑은 어떤 모습 어떤
색이었는지 알 수 없지만 푹푹 내리는 흰 눈에 온통
순백색의 세계로 변한다. 무엇을 덮고 싶었을까.
혹은 눈처럼 순백의 무엇이라고 여겼을까. 대체
당나귀는 어디서 으앙으앙 운단 말인가. 도통 알 수
없는 이 시는 그럼에도 불구하고 통째로 사람의
마음을 울린다. 시가 그랬듯이 노래도 그러하다.
세월이 가고 시인도 가고 그의 정인도 갔다. 시는
남았다. 남은 사람들은 시를 가지고 그와 그의
정인의 인생을 다시 써 내린다.

〈나와 나타샤와 흰 당나귀〉

가난한 내가
아름다운 나타샤를 사랑해서
오늘밤은 푹푹 눈이 나린다

나타샤를 사랑은 하고
눈은 푹푹 날리고
나는 혼자 쓸쓸히 앉어 소주를 마신다
소주를 마시며 생각한다
나타샤와 나는
눈이 푹푹 쌓이는 밤 흰 당나귀 타고
산골로 가자 출출이 우는 깊은 산골로 가
마가리에 살자

눈은 푹푹 나리고
나는 나타샤를 생각하고
나타샤가 아니 올 리 없다
언제 벌써 내 속에 고조곤히 와 이야기한다
산골로 가는 것은 세상한테 지는 것이 아니다
세상 같은 건 더러워 버리는 것이다

눈은 푹푹 나리고
아름다운 나타샤는 나를 사랑하고
어데서 흰 당나귀도 오늘밤이 좋아서
응앙응앙 울을 것이다

노래는 사랑이라 말하는데,
사틴은 삶이라 노래하네

♫ 사틴과 크리스티안이 부르는

'무슨 일이 있어도 Come What May'

물랑루즈 Moulin Rouge!

대본	존 로건 John Logan
원작	바즈 루어만 Baz Luhrmann,
	〈물랑루즈 Moulin Rouge!〉
초연	2019, 브로드웨이

줄거리

미국에서 꿈을 쫓아 파리로 온 크리스티안은 파리의 유명
카바레 물랑루즈의 주인공 사틴과 사랑에 빠진다. 하지만
사틴은 빚더미에 올라앉은 물랑루즈를 구해야 하는 입장이라
자신이 결핵에 걸린 사실조차 비밀로 하는 인물. 물랑루즈의
투자금을 걸고 자신을 요구하는 듀크 먼로스에게도 아부를
해야만 한다. 극장주인 지로드와 극장의 댄서들, 로트렉
등은 듀크 먼로스에게 크리스티안과 사틴의 사랑을 감추며
대리 만족을 느끼지만 정작 크리스티안은 먼로스 앞에서
자신의 사랑을 노골적으로 드러내며 사틴에게 사랑인지
돈인지를 선택하라고 요구한다. 사틴이 돈을 선택했다고
생각한 크리스티안은 사틴의 마지막이 될 공연에 나타나 총을
겨누는데…

바즈 루어만 감독의 뮤지컬 영화 〈물랑루즈
Moulin Rouge〉가 개봉했을 때의 충격은
대단했다. 그보다 먼저 무대 뮤지컬로 크게 흥행
중이었던 뮤지컬 〈맘마미아 Mama Mia!〉가
스웨덴 그룹 '아바'의 노래들로 만들어지긴 했지만,
주크박스 뮤지컬이라는 장르가 영화로 이렇게나
빨리 그렇게나 현대적으로 옮겨올 줄 미처 상상하지
못했기 때문이다. 주크박스 뮤지컬은 브로드웨이의
오래된 전통이긴 했으나 1940년대부터 시작된
브로드웨이 뮤지컬의 황금기 이후 대부분의

뮤지컬은 한 명의 작곡가가 전체적인 작품의 흐름을 만들어 가는 예술로 자리 잡았다. 반면 할리우드의 뮤지컬 영화는 같은 작곡가의 다른 작품의 히트곡을 사용하거나 다른 작곡가들의 히트곡들을 끼워 넣어 만드는 데 거리낌이 없었다. 그럼에도 불구하고 이 작품이 충격을 준 이유는 뮤지컬 영화 자체가 할리우드에서 제작이 멈춘 지 오랜 세월이 흘렀고, 뮤지컬이라는 장르는 브로드웨이 스타일의 작가주의적인 작품으로 여겨졌기 때문이었다. 아무도 뮤지컬 영화를 다시 흥행의 선택지에 올리지 않았던 때에 〈물랑루즈〉는 이러한 고정관념을 단숨에 깨부수면서 힙하고 트렌디한 장르로서 뮤지컬 영화가 다시 설 수 있다는 사실을 증명했다.

'아바'의 노래로만 만들어진 〈맘마미아!〉와는 다르게 영화 〈물랑루즈〉는 개봉 당시의 유명한 팝송이 시대와 장르를 가리지 않고 들어가 있다. 〈물랑루즈〉는 19세기가 끝나고 20세기를 맞이하는 두근거림으로 가득했던 1899년의 파리, 몽마르트 언덕 아래 붉은 풍차를 간판처럼 내세운 극장식 카바레 물랑루즈를 배경으로 한 사랑 이야기다. 하지만 영화가 추구한 것은 사랑보다는 극단적인 트렌디함이었다. 19세기 말이 배경이지만 그 시절 음악은 단 한 소절도 들을 수 없다. 심지어 전통적인 뮤지컬의 넘버들 가운데 뚜렷하게 들을 수 있는 것도 뮤지컬 황금기 시절의 대가 중 한 명인 줄 스타인의 '여자는 다이아몬드를 좋아해 Diamonds Are a Girl's Best Friend' 뿐이다. 이 노래는 주인공 사틴이 처음 등장하는 장면에서 부르는 노래이자 사틴이라는 인물을 정의하는 노래이기도 하다. 노래의 사용법이 영화 〈신사는 금발을 좋아해〉에서 마릴린 먼로가 보더빌 무대에 배우로 등장하며 부르는 장면과 정확하게 일치하지만, 마릴린 먼로는 무대의 모습과 무대 아래의 모습이 완전히 상반되는 인물이라는 설정을 극대화하고 오해를 불러일으키기 위한 장치였다면, 사틴은 노래 가사 그 자체인 인물로 등장한다. 영화 속의 사틴은 자기 의지가 거의 없는 인물이다. 사틴을 움직이게 하는 것은 노래 가사처럼 그야말로 다이아몬드뿐이다. 파산을 코앞에 둔 물랑루즈의 극장주 지로드는 사틴을 탐내는 듀크 먼로스의 투자금을 노리고 사틴에게 미리 먼로스의 좌석을 알려준다. 그런데 같은 날 밤, 같은 공연에서 사틴이 먼로스라고 착각한 사람은 동전 한 푼 없는 미국 출신의 시인 크리스티안이다. 지로드가 먼로스를 가리킬 때마다 화가 로트렉의 기지로 그 자리에는 기적처럼 크리스티안이 눈을 빛내고 있기 때문이다. 로트렉의 계략은 성공하여 사틴과 크리스티안은 사랑에 빠진다.

그리고 이때 처음으로 이 노래 '무슨 일이 있어도 Come What May'가 아주 살짝 등장한다. "무슨 일이 있어도"라고, 서로에게 아직 큰 의미가 아닐 때임에도 불구하고 죽는 날까지 사랑하겠다는 노래가 크리스티안의 입을 통해 거침없이 흘러나온다. 이 노래를 듣는 사틴의 심정을 생각해 본다면, 50곡이 넘는 히트곡으로 범벅된 무대 버전에서도 이 노래는 반드시 살아남을 수밖에 없는 운명이다. 다른 모든 노래가 바뀔 수 있어도 이 노래는 바뀔 수 없다. 이 노래는 이 작품에서 유일하게 이 작품을 위해 만들어진 노래이기도 하기 때문이다. 사랑에 눈먼 자만 공감할 수 있는 이 노래는 원래 이 작품이 아니라 바즈 루어만의 전작인 〈로미오와 줄리엣〉을 위해 만들어진 노래였다. 리어나도 디캐프리오가 로미오로 등장했던 바로 그 영화다. 눈먼 사랑의 폭풍 같은 질주를 그린 작품에서는 오히려 이 노래가 빛을 발하지 못한다는 판단이었을까, 이 노래는 몇 년간 악보 위에서 잠들어 있다가 〈물랑루즈〉에서 피어났다.

영화 속의 사틴은 자신의 운명을 알지 못하는 인물이다. 카바레 물랑루즈의 여신이지만 언제든지 대체될 수 있는 존재로 그려진다. 그리고 다른 배우들의 시기와 질투 속에서 사틴의 병은 본인에게 전달되지 않은 채로, 사틴은 살날이 얼마 남지 않았다는 사실조차 알지 못한 채 아름다운 외모와 재능만을 탐하는 사람들에 의해 이용당한다. 사랑이라는 이름으로 포장해도 그 사실을 지울

수는 없다. 이런 사틴이 마침내 자신의 의지로
삶의 방식을 선택하고 행동하게 만드는 요인이
사랑이라는 것이야말로 오래된 클리셰이자
케케묵은 로망이다. 만약 영화 속의 사틴이
자신이 폐병에 걸려 있다는 사실을 미리
알았다면 어떤 선택을 했을까? 크리스티안이
바보스러울 정도로 사틴에 대한 소유권만을
주장하지 않았다면 어떻게 됐을까? 사실상
두 번째 질문은 성립하지 않는다. 그 단순한
소유욕과 욕망이야말로 이 작품의 모든 갈등의
요인이기 때문이다.

대신 첫 번째 질문의 답은 이제 알 수 있게
되었다. 2019년, 브로드웨이에 올라온 뮤지컬
〈물랑루즈!〉가 답했기 때문이다. 영화에서
무대로 옮겨지면서 플롯 자체는 크게 달라진 게
없다. 하지만 이 작품에 등장하는 여성들이
달라졌다. 사틴도, 사틴의 동료들도 달라졌다.
영화에서 사틴을 질투하여 이쪽저쪽 고자질을
하고 다니던 인물인 니니는 심지가 곧은 동료로

다시 태어났다. 성격은 무뚝뚝하지만 춤에는
열정적인 댄서 니니는 사틴의 상태를 살피며 자기를
희생하지 말라는 충고를 던진다. 아파도 쉴 수 없는
사틴에게 아프면 쉬라는 니니의 충고는 단단한
그들의 관계를 보여준다. 원작 영화에서는 극장주인
지들러부터 말단의 청소부까지 자신들의 이익을
위해 사틴이 불치병인 폐결핵에 걸렸다는 사실조차
사틴에게 알리지 않는 것과 대조적이다.

　　무대의 사틴은 자신이 결핵에 걸렸다는 사실을
아무에게도 알리지 않는다. 인생의 마지막 순간을
병석에서 보낼 생각도, 그저 흘려보낼 생각도 없다.
자신의 집이나 마찬가지인 물랑루즈와 가족이나
마찬가지인 동료들을 지키고, 자신의 자존심도
지킬 셈이다. 뮤지컬의 사틴은 더 이상 이용당하는
인물이 아니다. 그런 사틴의 눈앞에 사랑밖에
모른다며 첫눈에 반했다는 크리스티안이 나타나자
사틴은 죽기 전의 마지막 사랑으로 크리스티안을
받아들이면서도 빚더미에 앉은 물랑루즈를
구원할 돈을 가진 남자 듀크 먼로스에게도
손을 내민다. 듀크 먼로스가 투자해 만드는

168

새 작품의 작가로 크리스티안을 들어앉히면서
이 작전은 잘 되어 갈 것 같지만, 어림도 없다.
크리스티안의 불같은 질투가 모든 것을 망치기
때문이다. "무슨 일이 있어도, 죽는 날까지
너를 사랑해"라는 이 노래의 가사는 결국
크리스티안의 품 안에서 사틴이 숨을 거두면서
문장 그대로 실현되어 버린다.

　　크리스티안이 눈먼 사랑을 노래할 때
사틴은 사랑이라는 말에 삶 그 자체를 담았음을
크리스티안이 어찌 알까. 크리스티안이
일제강점기의 신파극 주인공 이수일처럼 돈이냐
사랑이냐를 외칠 때, 사틴은 그 둘이 칼로 자르듯
갈라지는 존재가 아니란 사실을 안다. 삶이 꺼져
가는 사람 앞에서 무엇인들 절실하지 않을까.
가사로만 본다면 그저 단순한 사탕발림 같은
믿지 못할 맹세들로 가득찬 노래가 내일을
기약할 수 없다는 상황이 얹어지자 그보다 더
슬플 수가 없는 노래가 되어버린다. 수많은
히트곡이 순식간에 스쳐가는 무대 위에서도
이 노래는 길고 뚜렷하게 귀에 담길 수밖에….

무대 위에서 사틴이 진정한 주인공으로 다시
태어나는 순간이다.

밤새도록 뮤지컬

초판 1쇄 발행 2023년 1월 15일

지은이   이수진

발행·편집   유지희
디자인   이기준
제작   제이오
펴낸곳   테오리아

출판등록   2013년 6월 28일 제25100-2015-000033호
전화   02-3144-7827
팩스   0303-3444-7827
전자우편   theoriabooks@gmail.com

ISBN   979-11-87789-40-6   03810